Isabel Arends

Märchen für die Königin

Zauberhaftes aus Kunst und Geschichte im Schloss Marienburg

MatrixMedia Verlag Göttingen

Impressum:

Internet: www.matrixmedia.info

Layout: Masood Ghorbani, Göttingen
Umschlaggestaltung: Andrea Sunder-Plassmann
Lektorat: Uwe Friedrich, Göttingen
Druck: druckhaus köthen, Köthen
ISBN 978-3-932313-50-9

Herausgegeben von
Ernst August Prinz von Hannover

Kleine Zwerge, die als Radabweiser die Mauerecken schützen,
bewachen das Einfahrtstor von Schloss Marienburg.
Die geschwungenen Torbeschläge im Stil der Reformgotik
zeigen erste Anklänge an Formen des Jugendstils.

Märchen für die Königin

Schloss Marienburg verrät uns heute nur flüsternd viele seiner Geheimnisse. Es sind die alten Bilder, Verse und Inschriften auf Decken und Wänden, die uns von dem Geist, dem Leben und Lieben seiner Zeitgenossen, ihren Wünschen und Träumen leise zuraunen. Die Marienburg ist eine wahre Fundgrube feinster Spuren der Geschichte und Kunst. Denn viele der längst vergessenen Künstler, Kunsthandwerker und einfachen Arbeitern waren stolz beseelt, am Bau der »*Burg der Künste*« beteiligt gewesen zu sein. Neben ihren Werken hinterließen sie kleine Skizzen, Graffiti oder ihre Signaturen hinter Tapeten, Täfelungen, auf Gemälden und auf Glasfenstern.

Eine dieser Spuren der Geschichte sind die zwei Märchen von Schloss Marienburg. Es war ein absoluter Glücksfall, dass sie aus dem Dunkel eines ungeordneten Aktenkonvoluts unerwartet auftauchten. Es sind zwei Texte aus der Feder eines Künstlers, der auf dem Schloss arbeitete. Mit den beiden Märchen öffnet sich eine Tür in die Vergangenheit, durch die wir eingeladen werden einzutreten und dem Erzähler und seiner Phantasie für kurze Zeit zu folgen.

Nirgendwo im Umfeld der Marienburg wird so prachtvoll das Lebensgefühl der ganz auf die Reformgotik eingeschworenen Künstler wiedergegeben wie in »*Das Märchen vom Marienberge*«. Dieses fulminante Kunstmärchen des heute fast vergessenen Künstlers Georg Bergmann (1819-1871) zeichnet ein Traumbild, eine Idealwelt, die von der Liebe zur Kunst des Mittelalters – der einzig »Wahren Kunst« – erzählt.

Es war ein eigenwilliger, von großen Ideen beflügelter Kreis von Künstlern und Kunsthandwerkern, die sich um Königin Marie und ihren Hofarchitekten Edwin Oppler versammelt hatten. Man verstand sich als Avantgardisten in der Kunstszene und zog kämpferisch gegen die »Geschmacklosigkeiten« der pompösen Gründerzeit zu Felde. Die ehrliche Architektur der Gotik, die Kunstfertigkeiten im Handwerk des Hochmittelalters dienten nun als Richtschnur für eine ideale Vorzeigeburg. Die meisten der

Königin Marie (1818-1907) und König Georg V. von Hannover (1819-1878) mit den Kindern v.l.n.r.: Mary (1849-1904), Friederike (1948-1926) und Kronprinz Ernst August (1845-1923). Lithographie von 1855

hier tätigen Künstler kannten sich gut, denn sie hatten schon vorher an großen Aufträgen wie der Restaurierung der Kirche St. Michael und dem Knochenhauer Amtshaus in Hildesheim zusammen gearbeitet. Man vertrat ähnliche Auffassungen von Kunst und war gleichermaßen von der Kunst des deutschen Mittelalters begeistert. Beseelt von den Reformideen für eine »neue deutsche Kunst« kämpfte man gemeinsam für die Verbreitung ihrer Doktrin. »*Das Märchen vom Marienberge*« lässt den Leser so auch einige der Wurzeln für die in der zweiten Hälfte des 19. Jahrhunderts aufkommende Bernwardsromantik der Hildesheimer Gegend erfassen und nachvollziehen.

Die Märchen des Malers Bergmann sind eine ungewöhnliche Quelle. Sie erzählen viel über die romantische Sicht des 19. Jahrhunderts auf die »*ächte deutsche Kunst*« des Mittelalters. Zudem verrät das wiederentdeckte Märchen »*Das Märchen vom Marienberge*« einiges über den Künstler Georg Bergmann. Es belegt seine erstaunliche Kenntnis der mittelalterlichen Regionalgeschichte des Bistums Hildesheims. Bergmann ließ sein profundes Wissen in sein »*Neues Märchen*« einfließen. Hier lebten alte Legenden um die Kirche St. Michael und ihren bedeutenden Heiligen St. Bernward wieder auf. Verwoben mit Namen von tatsächlich ansässigen Fürsten, Lehnsherren und Rittern aus der Zeit des Mittelalters entstand in seinen Texten ein reiches Geflecht von historischen Ereignissen des Landstriches, in dessen sagenhaften Mittelpunkt der Bau des Schlosses der Marienburg steht. Der Autor ließ in seiner Erzählung die lokalen Größen der Kunst wie den »Heiligen der Künste« St. Bernward von Hildesheim zusammen mit regionalen Künstlern des Mittelalters in Erscheinung treten: Sie alle sind im Märchen dabei, wenn es darum geht, tatkräftig beim Bau der Marienburg zu helfen. Im Märchen erhalten so der Bauplatz, das Schloss und der gotische Baustil eine tiefere symbolische Bedeutung. Die Marienburg wird hier unzweifelhaft zu dem »Schloss der wahren Kunst« erhoben.

Die Kunst im Schloss

Im Schloss Marienburg empfangen auf dem Deckengemälde der Eingangshalle acht reich geschmückte Frauen die Besucher.[1] Die Allegorien der Künste symbolisieren acht unterschiedliche Kunstformen. Es ist der großartige Auftakt, der hier gleich die Bestimmung des Schlosses klar vor Augen führt: Schloss Marienburg ist ein Schloss der Künste. Denn traditionell kommt den Eingangshallen von Schlössern – einer Visitenkarte gleich die Aufgabe zu, dem eintretenden Besucher die Bestimmung des Baus und Gesinnung seiner Bewohner vor Augen zu führen.

Eine jede der Allegorien steht symbolisch für eine Kunstrichtung, die hier im Schloss vorgeführt werden sollte. Paarweise angeordnet sind die Allegorien, Musik/Dichtkunst, Theater/Tanz, Bildhauerei/Architektur und Schmiedekunst/Textilkunst vertreten. Die Allegorie der Architektur hält liebevoll ein kleines Architekturmodell der Marienburg auf ihrem Schoß. Ungewöhnlich ist die Ergänzung des traditionellen Kanons der Allegorien der Künste um die Darstellungen der Schmiede- und Textilkunst. Die gleichwertige Einreihung dieser Kunstformen neben den klassischen Künsten ist ein eindrucksvolles Zeitdokument der beginnenden Reformbewegung der Kunst im alten Königreich Hannover.

Über den Köpfen der Allegorien umläuft ein Schmuckband mit gotischen Lettern den Scheitel des Sterngewölbes. Hier kündet der Vers »PER ASPERA AD ASTRA« – »*Durch die Nacht zum Lichte*« unzweifelhaft davon, dass die Marienburg ein Ort der Kunst ist. Denn der lateinische Vers des antiken Dichters Seneca »PER ASPERA AD ASTRA« (auch: *über rauhe Pfade steigt man empor zu den Sternen*) war einer der Leitverse der Reformbewegung des hannoverschen Kunsthandwerks. Er kann hier durchaus als »Motto« der Marienburg bezeichnet werden. Das Schloss sollte einerseits als Vorzeigebau für gute Kunst dienen. Andererseits war es als Lustschloss und damit als ein Ort der Künste geplant worden, der sich der Musik, dem Tanz, und dem Theater widmete.

Deckengemälde in der Eingangshalle von Schloss Marienburg. Das Gewölbe der Haupthalle wurde von März bis Juli 1865 von dem Künstler Leonard Gey ausgemalt. Das Bildprogramm der acht Allegorien der Künste entwarf der Architekt Edwin Oppler.

Der Vers »*Durch die Nacht zum Lichte*« ist aber auch als Aufruf an alle folgenden Generationen gedacht, sich selbst mit dem Geist dieser besonderen Kunst der Marienburg zu verbinden, zu messen und zu prüfen. Es ist die alte Idee der Wahrhaftigkeit der Schönheit wahrer Kunst: Denn der Geist und Genius wahrer Kunst kennt keine zeitliche Begrenzung. Er sollte auch an das Prinzip der Nachhaltigkeit erinnern: Die Qualität guter Kunst und guten Handwerks bleibe immer erkennbar und würde auch von den nachfolgenden Generationen gelesen und wertgeschätzt werden.[2]

»*Durch die Nacht zum Lichte*« ist als eine vieldeutige Aufforderung an den Besucher gedacht. Denn man tritt durch die dunkle Einganghalle, die einen ehrfurchtsvoll mit ihren sakralen Formen und Farben ergreift, um dann die helleren Fest- und Wohnräume der Königlichen Familien mit ihren reichen Kunstsammlungen zu betreten. Die Architekten der Marienburg planten bewusst ein solches Licht- und Schattenspiel beim Durchschreiten der Räume – eine romantische Vorstellung, die unterschiedliche Gemütsstimmungen hervorrufen sollte. Schloss Marienburg ist als ein Gesamtkunstwerk fein durchdacht entworfen worden, das Geist, Gefühl und Herz berührt.

Die gotische Burg

Das Mittelalter begeisterte Königin Marie. Ihr neues Schloss sollte eine »*ächte, mittelalterliche Burg*« werden. Das ganze 19. Jahrhundert war fasziniert, ja geradezu besessen von der Geschichte, Kunst und Kultur des Mittelalters. Es ging um das besondere Lebensgefühl, das man mit dieser Epoche verband. Man versetzte sich mit Begeisterung in die alte Zeit: Zu Festen trug man mittelalterliche Kostüme, lernte alte Tänze und veranstaltete Ritterspiele. Außerdem las man die Dichter jener Zeit wie Wolfgang von Eschenbach und Walther von der Vogelweide. So verkleidete sich auch das königliche Paar anlässlich eines Kostümfestes im »elisabethanischen« Stil. Dieser Stil galt damals als typischer Stil des englischen Mittelalters.[3]

Dieses Lebensgefühl, der freie, kraftvolle und ehrliche Geist des Mittelalters prägte die Wunschvorstellungen der Königin bei

Königin Marie und König Georg V. von Hannover anlässlich eines Kostümfests im »elisabethanischen Stil«. Dieser Stil galt damals als typischer Stil des englischen Mittelalters. Photographie von Eugen Lulvers, Hannover 1862

der Gestaltung der Marienburg. Dabei ging es keinesfalls darum, eine alte Ritterburg zu imitieren – ganz bewusst baute man »modern-gotisch«. Allerdings ergänzte man den Neubau dann mit alten Erbstücken aus Familienbesitz und wollte »dem neuen Schloss im alten Stil« eine historische Aura verleihen. Zum einen wurden auf die Marienburg eine Fülle Familienerbstücke geschickt, die zusammen mit angekauften Antiquitäten passend zum *»mittelalterlichen Styl«* für ein abgerundetes Stimmungsbild sorgen sollten. Zum anderen wurde überall an die geschichtsträchtige politische und kulturelle Bedeutung der Familie erinnert: in Form von Ahnengalerien, die als Wandbilder oder Skulpturen im Schloss zu finden waren. Die Vorfahren des hannoverschen Königshauses sollten in großformatigen, figurenreichen Wandgemälden in Freskotechnik verherrlicht werden.

Ergänzt wurde die historische Thematik durch Bildzyklen, die Sagen und Legenden rund um die Wartburg schilderten. So sollte im großen Festsaal, dem Rittersaal, die Legende der Heiligen Elisabeth, der berühmten Heiligen der Wartburg, dargestellt werden. Auch die sog. »Morning-Hall« schmückten Bilder aus der Heimat Königin Maries: Hier wählte man Szenen aus Sagen und Märchen des Kyffhäusergebirges aus.

Immer wieder greift die Gestaltung der Marienburg architektonische Details der Wartburg, Deutschlands berühmtester Burg, auf. Bewusst ließ Königin Marie die sagenumwobene Burg ihrer alten Heimat Pate für die Innenraumgestaltung stehen.

Zwei Märchen für die Marienburg

Zur Zeit des Historismus war es keineswegs ungewöhnlich, zu den Schlössern, Villen und Gutshäusern, die man baute, auch gleichzeitig eigene Märchen oder Sagen schreiben zu lassen. Diese Erzählungen wurden oftmals in die historischen Epochen versetzt, in deren Stil die Gebäude entworfen waren. Sie sind als Teil der Gesamtkunstwerke anzusehen und in einigen Fällen wurden sie dann auch als Dekorationen in den Gebäuden umgesetzt.[4] Ein prägnantes Beispiel findet sich im rumänischen Schloss *Castel Pelesch*. Hier schuf die dichtende Königin Elisabeth von Rumänien einen imaginären Mythos des Schlosses, der dann im Musikzimmer in Wandbildern dargestellt wurde.[5]

»*Das Märchen vom Marienberge*« verfolgte ähnliche Absichten: Die Marienburg sollte nachträglich eine angemessene Gründungssage erhalten. Unbestrittener Mittelpunkt des Kunstmärchens war Schloss Marienburg selbst. Der Erzähler versetzte die Erbauung der Burg zurück in das Zeitalter der Kreuzzüge. Vertraut mit vielen historischen Quellen schrieb Bergmann ein typisches Kunstmärchen des 19. Jahrhunderts mit allen stilistischen Finessen dieses Genres.[6] Gekonnt mischte er alle Zutaten, die für die Gründungslegende dieser Burg von Bedeutung waren und heute noch sind: Historische Tatsachen und lokale Orte wurden verquickt mit den sagenhaften Erscheinungen wie der eines Zauberhammers des Heiligen Bernwards von Hildesheim. Märchenhaft dagegen sind wieder die Motive der ungleichen Schwestern, der Liebeszauber mit Hilfe einer bösen Frau, während der nach Erlösung suchende Ritter eher ein Sagenmotiv ist. Alles wurde von Georg Bergmann bunt gemischt mit dem alten Volksmärchen des »*Musikanten im Zwergenloch*«.

Georg Bergmann verfasste »*Das Märchen vom Marienberge*« anlässlich seines Auftrages, die Wände des Billardzimmers zu dekorieren. Der Hildesheimer Künstler galt zu seiner Zeit als Experte für die Kunst des Mittelalters. Bisher war nicht bekannt, dass Georg Bergmann überhaupt zum Künstlerkreis der Marienburg gehörte. Vergessen war auch, dass er diese Aufträge für Schloss Marienburg erhielt, da die Fresken aufgrund des Krieges von 1866 nicht mehr ausgeführt werden konnten. Sein Vater, Dr. Gottlieb Heinrich Bergmann, war Hofmedikus und einer der angesehensten Ärzte des Königreiches. Er stellte seinen Sohn der königlichen Familie vor. Georg Bergmann spielte seinerzeit in seiner Heimat Hildesheim eine große, wenn auch heute in Vergessenheit geratene Rolle. Er kopierte die berühmte Decke von St. Michael, bevor man die Kirche abbrechen wollte. Später übernahm er die Restaurierung und Rekonstruktion der Innenausmalung von St. Michael und trug wesentlich zum Verständnis der ehemaligen romanischen Ausmalung des Bauwerkes bei. Außerdem malte er die Windbretter des berühmten Knochenhauer Amtshauses, die er der Stadt stiftete. Unermüdlich kämpfte er an der Seite von Conrad Wilhelm Hase zusammen mit Senator Roemer um den Erhalt der bedeutenden historischen Bauwerke und Kunstschätze seiner Vaterstadt. So ist ihm die Rettung zahlreicher Baudenkmale der Region zu verdanken. Heute wird Bergmann vor allem für seine Verdienste als Maler-Restaurator und Denkmalpfleger gewürdigt. Als Maler hinterließ er vergleichsweise wenige Gemälde, von denen ein Großteil verschollen ist. Sein früher Tod im einundfünfzigsten Lebensjahr riss ihn aus zahlreichen Projekten.[7]

Als Georg Bergmann im Jahr 1864 den ehrenvollen Auftrag erhält, die Wände des Spielsalons im Südflügel auszumalen, wurden ihm im Vertrag große Freiheiten zugesichert: »*Die Anordnung und Vertheilung der Malereien sowie der Gegenstand derselben bleibt seiner Wahl überlassen, doch wird er für die größte Wandfläche des Saales eine bildliche Darstellung des Märchens von der Marienburg malen*«.[8] Im seinem Vertrag wurde zum ersten Mal ein »*Märchen von der Marienburg*« erwähnt. Zu dieser Zeit wird er sein neues Kunstmärchen verfasst haben. Er reichte den Text zusammen mit einer Abschrift des alten Volksmärchens »*Die Zwerge im Berge der Marienburg*« ein. Natürlich hoffte er, dass die Königin sich für sein Kunstmärchen entscheiden würde.

Märchensammlungen und Dokumentationen im Hildesheimer Raum

Die »Märchen der Marienburg« sind heute Zeitzeugen der Begeisterung des 19. Jahrhunderts für Sagen, Volks- und Kunstmärchen, die im Mittelalter spielen. Das Interesse, alte Sagen, vorzugsweise aus der Zeit des Mittelalters, zu sammeln, war mehrfach motiviert. Man projizierte die eigenen Sehnsüchte in diese Zeit. Das wieder erstarkende bürgerliche Nationalgefühl verklärte das Mittelalter zu einer Epoche der Einheit und politischen Stärke Deutschlands. In vielen »alten« Sagen spiegeln sich ähnliche Grundmotive. Der Wunsch nach nationaler Einheit sollte auch durch die Sagen- und Märchenforschung wissenschaftlich untermauert werden.[9] Das erwachende Interesse, deutsche Sagen, Märchen und Legenden systematisch zu sammeln, erhielt durch die Veröffentlichungen der Brüder Grimm den entscheidenden Impuls. Unter den vielen Publikationen wurden u.a. die »*Kinder- und Hausmärchen*« (1812-1822) und »*Deutsche Sagen*« (1816) zu Vorbildern. Sie motivierten zahlreiche Nachfolgesammlungen aus allen deutschen Landschaften und Städten. So häuften sich um die Mitte des 19. Jahrhunderts die Veröffentlichungen, mit denen man die mündliche Erzähltradition schriftlich zu bewahren versuchte.

Als eine wichtige Vorlage der Marienburgmärchen dienten die Märchensammlungen von Karl Seifart (1821-1885). Er widmete sich im Hildesheimer Raum viel Zeit seines Lebens der Sammlung und Edierung regionaler Sagen und Märchen, die er in zahlreichen Ausgaben vorlegte.[10] Seifart war ein Student von Professor Wilhelm Müller. Dieser lehrte an der Universität Göttingen deutsche Sprache und Literatur und war selbst noch ein Schüler Jacob Grimms gewesen.[11] Karl Seifart veröffentlichte im Jahr 1854 seine »*Sagen, Märchen und Gebräuche aus Stadt und Stift Hildesheim*«, die er teilweise aus schriftlichen und aus mündlichen Quellen zusammengetragen hatte. Als zeitnaher Zeuge kommentierte er begeistert die Bedeutung der Arbeiten der Brüder Grimm. »*Seitdem die Gebrüder Grimm Sagen und Altweibermärlein zu einem so schönen Kranze wanden und zum Gegenstand gelehrter Forschung machten, hat unsere Literatur einen weit verzweigten Ast angesetzt, dessen kühler Schatten und flüsternde Blätter auch den Gebildeten freundlich einladen zu einem behaglichen und sinnigen Sichversenken in die, vor dem mächtig andrängenden Durchbruch einer neuen Culturentwicklung rascher und rascher dahinschwindenden naturwüchsigen Vorstellungen und alterthümlich poetischen Anschauung seines Volkes. Es war gewiss hohe Zeit, jenes uralte Dichten und Denken, welches von Mund zu Mund ging, auf die bleiernen Füße der Lettern zu stellen, denn von Jahr zu Jahr entfremdet sich Sinn und Mund des Volkes mehr und mehr den ursprünglichen Anschauungen, welche ihm aus einem trautern, innigern Zusammenleben mit Wald und Feld, mit Wiese und Quell erwachsen waren; ohne die lebhafte Anregung der Gebrüder Grimm wäre uns ... ein eben so schöner als lehrreicher Quell für ... vaterländische Mythologie und Sittenkunde versiegt.*«[12]

»Rübezahl, den Kindern erzählend.« Ölgemälde von Georg Bergmann, um 1845

Im Vorwort verrät Seifart dem Leser seine Motivation, die alten Erzählungen zu sammeln: »*Man ahnt in weiteren Kreisen wohl nicht, welch ein reger Sinn für das Sagenhafte in der alten Bischofstadt und ihrer Umgebung überhaupt vorherrscht, bis auch hier die Neuzeit eine Überlieferung nach der anderen verwischte. So dachte ich dann meinerseits noch zu retten, was ich retten konnte.*«[13]

Auch der Künstler Georg Bergmann gehörte zu einem Kreis engagierter Bürger, die auch Märchen, Sagen und alte Tänze und Urkunden der Region sammelten. Man hatte sich neben dem Erhalt der heimatlichen Baudenkmale dem Aufbau eines Hildesheimer Museums verpflichtet. Eingeführt in diesen Kreis hatte ihn sein Vater, Dr. Gottlieb Heinrich Bergmann. Dieser war ein Gründungsmitglied des Hildesheimer Museumsvereins.[14] Dr. Bergmann gründete am 29. Juli 1844 gemeinsam mit dem Stadtgerichtsassessor Hermann Roemer, dessen Onkel Justizrat Hermann Adolf Lüntzel, Professor Johannes Leunis und Dr. Clemens Praël den Verein. Dieser hatte Großes vor: Wie in den Gründungsakten zu lesen ist, sollte das »*Museum in der hiesigen Stadt*« eine »*Schule der Anschauung*« werden. Ehrgeizig waren auch die Pläne für die Sammlungen. Zur Zeit der Industriellen Revolution, der Kolonialisierung der außereuropäischen Welt und des Siegeszuges der Naturwissenschaften sollten Objekte aus allen Bereichen des Lebens ausgestellt werden. In den Sammlungen plante man die Entwicklung der Erde, des Lebens (Natur) und der Menschen (Kunst) zu dokumentieren.[15]

Dem Studium der weiten Welt sollte im Museum die Kunst, Geschichte und Kultur der Heimat gegenübergestellt werden. Man begann ein intensives Studium des heimatlichen Umlandes und der Volkskunde. So erging in Hildesheim im Jahr 1845 vom Museumsverein ein Aufruf an die Bevölkerung, alte Märchen, Sagen, Legenden, aber auch Bräuche, Lieder und Tänze aufzuschreiben und einzureichen. Meist waren es Lehrer und Pfarrer, aber auch an der eigenen Heimatgeschichte interessierte Bürger, die sich auf die Suche begaben. In vielerlei Beziehungen betraten diese Menschen Neuland, beispielsweise, wenn sie mit der Kartierung von Hügelgräbern begannen.

Außerdem begann man alte Urkunden und Kirchenbücher zu sichten, zu sammeln und zu publizieren. Für diese Quellen interessierte sich der Künstler Georg Bergmann besonders. Er stand im regen Austausch mit historisch interessierten Gelehrten oder Laien, denn einige der Angaben im Märchen setzten eine umfassende Kenntnis der Geschichte von Elze und Umgebung voraus, die er wohl nur durch andere, die mit der Geschichte besser vertraut waren, erhalten haben kann.

Der Autor der Marienburgmärchen Georg Bergmann beschäftigte sich in seinen Gemälden immer wieder mit dem Sujet der Darstellungen von Märchen und Sagen

Außerdem malte er Themen wie »Der Märchenerzähler« und Allegorien wie »Das Märchen«. Sein bedeutendstes malerisches Werk hatte er zehn Jahre vor seinem Auftrag für die Marienburg abgeschlossen: die Wandmalereien im Festsaal des Schlosses in Alt-Wallmoden bei Goslar.[16] Hier schuf er einen bunten und bewegten Zyklus, der die sagenhafte Geschichte des »*Thedel der Unvorferde von Wallmoden*« darstellte.

»Das alte Märchen«

Georg Bergmann schickte Königin Marie im Jahr 1864 gleich nach Unterzeichnung seines Vertrages zwei Märchen. Sie sollte wählen, welches der beiden Märchen ihr besser gefiel.

Dieses Buch veröffentlicht erstmals die zwei Märchen. Es ist ein Glücksfall, die Originaltexte der Märchen der Marienburg, noch dazu aus der Feder des Künstlers selbst, in den Händen zu halten. Der Maler Georg Bergmann nannte sie in seinen Briefen an die Königin *»Die Zwerge im Berge der Marienburg«* (auch: *»Das alte Märchen«*) und *»Das Märchen der Marienburg«* (auch: *»Das neue Märchen«* oder: *»Die Sage der Marienburg«*).

Die beiden Märchen unterscheiden sich in Erzählstil, Inhalt und Länge der Texte. Gemeinsam ist nur das Motiv eines Musikanten, der den Zwergen im Schulenburger Berg aufspielt. Die Quelle hierfür bildete ein regionales Volksmärchen, auch bekannt als *»Der Musikant im Zwergenloch«*, das Karl Seifart in seinem Buch *»Sagen, Märchen, Schwänke und Gebräuche aus Stadt und Stift Hildesheim«* 1854 publiziert hatte.

Das Märchen *»Die Zwerge im Berge der Marienburg«* greift in Seifarts Märchensammlung veröffentlichte Märchen auf, verändert aber Teile der Handlung und Namen. Es kann gut sein, dass Georg Bergmann es im Rahmen seiner eigenen Sammlung heimatlicher Legenden fand. Er nannte es das *»Alte Märchen«*, weil es wirklich zum alten tradierten Erzählgut der Region gehörte. Ungewöhnlich ist eine Anfügung einer Weihnachtslegende an das alte Märchen, die typisch für das 19. Jahrhundert ist und sich in Stil und Inhalt von dem derben Kunstmärchen wesentlich unterscheidet. Hier tritt plötzlich Knecht Ruprecht auf, der die Zwerge im Marienberg besucht, um Weihnachtsgeschenke zu besorgen. So ist dies Märchen zugleich ein schönes und seltenes Zeugnis einer Zeit, die neue Weihnachtsbräuche (so das reiche Beschenken) erfand. Dagegen ist *»Das Märchen vom Marienberge«* ein typisches Kunstmärchen des 19. Jahrhunderts.

Königin Maries Entschluss stand schnell fest. Sie entschied sich für das alte Volksmärchen, wahrscheinlich weil dieses Märchen den alten Musikersagen der Wartburg glich. Die Entscheidung für das »*alte Märchen*« muss vor dem Hintergrund des Bildprogrammes der Marienburger Festsäle gesehen werden. Denn hier wird immer wieder das Thema der Glanzzeit der Wartburg im Mittelalter dargestellt. Berühmt war im 19. Jahrhundert der Kyffhäuser-Sagenkreis, der rund um die Wartburg spielte.[17] Zahlreiche Gedichte und Balladen, so u.a. von Carl Maria Weber, Ludwig Bechstein, Philipp Welcker, Friedrich Rückert und Emanuel Geibel hatten zu einer ungeheuren Popularität dieser Sagen geführt.

Am bekanntesten waren die sog. Musiker- und Hirtensagen. Der Inhalt ist immer ähnlich: Ein Musiker/Hirte wird von einem Zwerg gebeten, in ihrem unterirdischen prachtvollen Reich zur Unterhaltung vorzuspielen. Charakteristisch für die Kyffhäusersagen ist dann die eindrucksvolle Begegnung mit dem verzauberten Kaiser Friedrich Barbarossa. Hier werden sie Zeugen, dass der König und seine getreuen Ritter immer noch warten, auch wenn inzwischen so viel Zeit vergangen ist, dass der rote Bart des Königs endlich durch den Steintisch, an dem er sitzt, gewachsen ist. Immer stellt er die Frage: »Fliegen die Raben noch um die Burg?«, die der Musiker dann bejaht. Reich belohnt verlässt er den unterirdischen prachtvollen Palast. Je nachdem, wie die Zurückgekehrten mit den Schätzen umgehen, bleiben diese ein Segen oder werden ein Fluch. Immer spielen in den sagenhaften Erzählungen Zwerge eine große Rolle, die einerseits die Schätze bewachen und andererseits dem Kaiser zu Diensten sind.

Auch das alte Märchen »*Die Zwerge im Berge der Marienburg*« gehört zum Typus der Musikersagen. Es vereint alle Motive: Ein Spielmann wird in ein Zwergenreich entführt. Hier spielt er ihnen zum Tanze auf. Er wird zum Zeugen der unterirdischen Pracht. Reich belohnt verliert der Zurückgekehrte seine Schätze durch seine Schwatzhaftigkeit.

Georg Bergmann war es nicht vergönnt, seine Geschichten in Wandbilder umzusetzen. Obwohl er für den Auftrag schon eine Abschlagszahlung erhalten hatte, beendete der Krieg im Jahre 1866 jäh sämtliche Ausführungsvorhaben. Auf der Marienburg wurden nur noch die notwendigsten Arbeiten durchgeführt und abgeschlossen. Heute überliefern uns die »Märchen der Marienburg« Zeit- und Kunstgeschichte in einer ungewöhnlichen und spannenden Form.

Die Geschichte und der Bau von Schloss Marienburg

Schloss Marienburg trägt seinen Namen zur Ehre und Erinnerung an seine Bauherrin und Besitzerin Königin Marie von Hannover. Hier wurden für kurze Zeit die Träume der Königin Wirklichkeit. Denn es war ihr lang gehegter Wunsch, ein eigenes, kleines Sommerschloss vor den Toren Hannovers zu besitzen. Fernab des strengen Hofzeremoniells sollte dieser Rückzugsort ihrer Familie Erholung und ländliche Vergnügungen bieten.

Königin Marie (1818-1907) war eine geborene Prinzessin von Sachsen-Altenburg und verlebte eine behütete Kindheit an dem kleinen, bescheidenen Hof ihres Vaters. Als sie im Jahr 1843 Kronprinz Georg von Hannover heiratete, kam sie an einen der glanzvollsten Höfe in Deutschland. Plötzlich stand sie täglich im Mittelpunkt der öffentlichen Aufmerksamkeit. Klaglos kam sie allen Pflichten nach, äußerte aber wiederholt den Wunsch, sich auch längere Zeit aufs Land zurückziehen zu dürfen. Im Königreich Hannover herrschte aber ein Mangel an Schlössern und Landsitzen. Der Grund lag in der besonderen geschichtlichen Situation: Von 1714 bis 1837 wurden Hannover und das Vereinigte Königreich Großbritannien in Personalunion von London aus regiert. Das Herrscherhaus hielt sich nur zu gelegentlichen Besuchsreisen in Hannover auf. Deshalb war keine ständige Hofhaltung notwendig und man begnügte sich während der Zeit der Personalunion mit den bereits vorhandenen Wohnbauten. Dieses änderte sich entscheidend, als Königin Victoria im Jahr 1837 den Thron bestieg. Denn in Hannover galt ein anderes Erbfolgerecht als in England. Das hier gültige salische Recht erlaubte keine weibliche Erbfolge. Die Personalunion musste aufgelöst werden und ein Onkel Königin Victorias, Ernst August (1771-1851), der jüngste Sohn König Georgs III., wurde nun König von Hannover. Der neue König hatte ehrgeizige Pläne. Während seiner vierzehnjährigen Regierungszeit wurde aus dem verschlafenen Hannover mit eher provinziellem Charakter eine pulsierende, im Aufbau begriffene Residenzstadt. Bis zur Thronbesteigung König Ernst Augusts hatte man in Hannover kaum von der gemeinsamen Regierung mit der Welt- und Industriemacht England profitiert. Der neue König gab entscheidende Impulse an die sich entwickelnde Industrie und Landwirtschaft. Ernst August war mit Prinzessin Friederike von Mecklenburg-Strelitz (1778-1841) verheiratet, der Schwester der berühmten Königin Luise von Preußen. Aus ihrer Ehe ging als einziges Kind Georg (1819-1878) hervor.

Die Gesundheit des einzigen Sohnes bereitete den Eltern immer wieder große Sorgen, denn der Kronprinz hatte früh durch Krankheit auf dem linken Auge sein Sehvermögen verloren. Tragischerweise erblindete der Kronprinz durch die schwere Verletzung eines Unfalls im Alter von vierzehn Jahren auch auf dem anderen Auge. Infolge seiner Erblindung kamen – sehr zum Ärger seines Vaters – seitens der Regierung immer wieder Zweifel an Georgs Eignung als zukünftiger König auf. Der König beendete die Diskussion, indem er 1842 eine Anordnung erließ, nach der alle Unterzeichnungen von Regierungsakten durch den Thronfolger stets in der Gegenwart von vereidigten Zeugen zu geschehen hatten. Hiermit waren aus der Sicht Ernst Augusts alle Bedenken für die zukünftige Regierungseignung seines Sohnes beseitigt.

Der spätere König Georg V. war zeit seines Lebens bemüht, seine vollständige Blindheit in der Öffentlichkeit herunterzuspielen und zu verbergen. Viel Kraft und Unterstützung erhielt Georg aus seiner Ehe mit Marie, die ihn in vieler Hinsicht unabhängiger machte. Es war eine Liebesheirat. Das Paar verband eine tief empfundene Religiosität sowie die gemeinsame Liebe zu Musik und Kunst. Sie bevorzugten ein eher zurückgezogenes Familienleben, was auch den Bedürfnissen des Blinden entgegenkam. Aus der Ehe gingen drei Kinder hervor: Ernst August (1845-1923), der neue Kronprinz von Hannover, Prinzessin Friederike (1848-1926) und Prinzessin Mary (1849-1904). Zwischen Vater und Sohn herrschten immer wieder Konflikte. Der alte König warf seinem Sohn vor, er würde sich zu wenig um seine repräsentativen Pflichten kümmern. Außerdem führe er einen zu bürgerlichen Lebenswandel. Ernst August machte dafür die Herkunft seiner Schwiegertochter Marie verantwortlich. Mit der Thronbesteigung Georg V. im Jahr 1851 wurde die aufwendige und prächtige Hofhaltung des Vaters eingeschränkt. Der neue König war überaus konservativ und religiös und weit mehr als sein Vater von der Heiligkeit des Königtums und der Sendung des Welfenhauses überzeugt. Seiner streng monarchisch ausgerichteten Regierung stand im täglichen Leben ein fast häuslich zu nennendes abgeschirmtes Familienleben gegenüber. In Hannover folgte man auch in dieser Hinsicht ganz dem Vorbild der englischen Königsfamilie: In England hatten Königin Victoria und Prinz Albert es verstanden, neben den repräsentativen Aufgaben des Hofes die Familie als einen Hort häuslicher, familiärer Werte so vorzuleben, dass sie damit die gesellschaftlichen Werte der viktorianischen Epoche prägten.

Ein königliches Geburtstagsgeschenk

Sechs Jahre nach seinem Regierungsantritt fasste König Georg V. den Entschluss, einen kleinen Landsitz außerhalb von Hannover zu erbauen. Das Schloss sollte der Sommerfrische und Erholung der Familie dienen. Außerdem plante man hier auch ein Jagdschloss für den Kronprinzen und einen zukünftigen Witwensitz für Marie zu schaffen. Gleichzeitig sollte in der königlichen Hofhaltung endlich die Lücke des fehlenden repräsentativen Landschlosses beseitigt werden. Dies waren die Absichten, mit denen König Georg V. am 14. April 1857 seiner Gemahlin Königin Marie zum Geburtstag Baugrund und Gelder zur Errichtung eines Schlosses schenkte.

Im Frühling des Jahres 1857 wurde das Grundstück erworben: »*Seine Majestät unser jetzt regierender König GEORG V. kaufte ... auf diesem Berge, welcher damals der Schulenburger Berg genannt wurde, ein ganz mit jungen Eichen und Buchenwald bewachsenes ... Gründstück von 30 Morgen und schenkte dasselbe am 14. April 1857 Seiner Königlichen Gemahlin als Geburtstagsgeschenk mit der Bestimmung daß dieser Berg hinfüro den Namen MARIENBERG führe und daß auf diesem Platze für ihre Majestät die Königin ein Sommersitz erbaut werde.*«[18] Alle zum Bau erforderlichen Mittel wurden großzügig aus der königlichen Privatschatulle genehmigt, die dank der Wiederherstellung der Hausdomänen gut gefüllt war. Das zukünftige Schloss wurde zum uneingeschränkten persönlichen Eigentum der Königin erklärt, eine kluge Entscheidung, die später ungeahnte Bedeutung erhalten sollte: Als im Jahr 1866 die Preußen nach dem Einmarsch in das Königreich Hannover sämtliche Schlösser konfiszierten, blieb die Marienburg als privater Besitz der Königin der Familie erhalten.

Als Bauherrin war Königin Marie von an Anfang an mit Begeisterung bei allen Planungen dabei. Sie hatte feste Vorstellungen wie ihr »*Schlösschen und idealisches Nestchen*« aussehen sollte: So plante sie eine »*mittelalterliche, gothische*« Burg. Die Wahl, den Landsitz in Form eines Ritterschlosses des Mittelalters zu bauen, folgte ganz der Mode der Zeit, denn der gotische Stil galt als angemessen für Landschlösser. Auch die Berliner Verwandtschaft der Königin baute ihre Landschlösser, Gutshöfe und Gartenhäuser in diesem Stil. Schließlich galt die Gotik als eine Bauform, die sich fein in die Natur einfügen konnte. So wurden die gotischen Schlösser reich mit Motiven aus dem Pflanzenreich geplant: Die Spitzbögen, Türmchen und Giebel zeigten vielfache Schmuckdekorationen aus der Natur in Form von Laubwerk, Krabben, Knospen, Samenkapseln und Blütenschmuck. Zusätzlich wurden die Bauten gleich von vornherein mit Efeu, Wein und anderen Rank-Gewächsen geplant. Das romantische Bild einer Naturidylle wurde ergänzt durch großzügige Parkanlagen, die Teil der Gesamtkunstwerke waren. Die Schlösser täuschten uralte Bauwerke vor. Für die Stadtresidenzen wählte man dagegen meist repräsentativere Stile, so den Renaissance- oder den Barockstil.

Als wichtigstes Vorbild für den Bau der Marienburg diente natürlich die Wartburg. Deutschlands berühmteste Burg steht in der sächsischen Heimat der Königin. Deshalb wurden mehrere Architekturzitate im Außen- und Innenbau übernommen. Außerdem ließ Königin Marie sich von ihren Gesandten Stichwerke und Fotografien von anderen neugotischen Schlössern schicken. So studierte sie die Pläne für Schloss Babelsberg in Potsdam und

Perspektive der Südansicht des geplanten Schlosses von C.W. Hase aus dem Jahr 1858 (Ausschnitt)

die Planungen für die rheinischen Burgen Stolzenfels und Sooneck, die von den Hohenzollerprinzen ausgebaut wurden. Außerdem galt Maries Interesse der Architektur der Kreuzritterburg Marienburg in Ostpreußen, von der viele Architekturmotive für »ihre Marienburg« übernommen wurden.

Königin Maries Vorstellungen, wie ihre Burg als fertiger Bau auszusehen hatte, spiegelten den spätromantischen Geist der Zeit wider. Man lebte immer noch in schwärmerischen Vorstellungen von der Epoche des Mittelalters, von denen man sich ungern frei machte. Dieses verklärte Idealbild des Mittelalters, das sich in den großartig inszenierten Wagneropern, historischen Romanen und Neuedierungen mittelalterlicher Schriften niederschlug, übte eine immense Faszination auf viele ihrer Zeitgenossen aus. Die einprägsamen Schilderungen der Literatur, so z.B. in Sir Walter Scotts »Ivanhoe« oder Wilhelm Hauffs »Lichtenstein«, die mit Illustrationen versehen waren, formten ein romantisches Idealbild einer mittelalterlichen Burg. Die Forschungen zur mittelalterlichen Archäologie und Kunstgeschichte kamen nur langsam voran und Stilbegriffe wie gotisch, romanisch, byzantinisch oder elisabethanisch wurden zu Beginn des Baus der Marienburg für die Dekorationen frei nebeneinander angewendet. Karl Seifart kommentierte dies 1854 so: »*Die Romantiker selbst haben von diesem Material nicht den rechten Gebrauch zu machen gewußt, vor jedem Spitzbogen, vor jedem bunt ausgemalten Missale standen sie in enthusiastischer Bewunderung still, sahen eine Menge schöner Einzelheiten aber waren zu zerstreut und befangen um [sich] ein richtiges Gesamtbild von einer Zeit zu machen ... welche wir das Mittelalter nennen.*«[19]

Großen Einfluss hatte die Neuedierung der Werke Wolfram von Eschenbachs, allen voran dessen *Parsifal*[20]: Hier wurde eine Ritter- und Sagenwelt des Mittelalters heraufbeschworen, in der die Burg stets eine zentrale Rolle spielte. Besondere Bedeutung kam den Beschreibungen der Gralsburg zu, die als das der Welt entrückte *Montsalvat* in der Literatur und auf der Bühne immer wieder dargestellt wurde. Hoch auf einer Bergkuppe einsam inmitten einer »Waldwildnis« gelegen, wurde das Bild der geschützten Burg zugleich symbolischer Rückzugsort. Diese Ideenwelt, die mehr oder weniger alle neugotischen Burgbauten motivierte, fand ihren Höhepunkt in den Schlössern Ludwigs II., seiner »*neuen Wartburg*« Neuschwanstein,[21] und gipfelte in den Planungen für Falkenstein.[22] Auch der Bau der Marienburg war wesentlich von diesen Vorstellungen geprägt. Vielsagend sind in diesem Zusammenhang die Namen, mit denen Königin Marie ihre Burg bedachte: So schreibt sie von »*dem idealischen Nestchen*«, »*dem Friedenseckchen*« und ihrem »*Eldorado*«.[23]

Der Bauplatz auf dem Schulenburger Berg

Von großer Bedeutung für ein malerisches Aussehen der Burg war die Wahl des geeigneten Bauplatzes. Das Schloss sollte

Aussehen und Charakter einer alten Burganlage erhalten. Es war kein leichtes Unterfangen, in den sanften Hügellandschaften in der Nähe der Residenzstadt *»steil aufragende Felsen«* für die geplante Höhenburg zu finden. Zudem sollte das Schloss von der Residenzstadt Hannover gut zu erreichen sein. So erwog man zuerst, auf dem Benther Berg bei Hannover zu bauen, entschied sich aber dann für den Ankauf des Schulenburger Berges.

Dieser Berg bildet eine letzte starke Erhebung der auslaufenden Berge des Leinetals vor dem Austritt der Leine in die Norddeutsche Tiefebene. Die exponierte Lage auf dem Berg ermöglicht einen exzellenten Ausblick von der Stammfeste Calenberg über die Weserberge im Westen bis hin zur Landeshauptstadt Hannover im Norden. Aus der Ferne musste die Marienburg in ihrer scheinbar strategisch günstigen Lage dem Vorbeireisenden als eine bis ins Mittelalter zurückreichende Gründung erscheinen: Eine absichtliche Täuschung.

Was man zu dieser Zeit allerdings nicht mehr wusste: Hier auf dem Schulenburger Berg hatte es im frühen Mittelalter tatsächlich eine Burg gegeben. Burg Ordenberg war eine kleine Anlage gewesen, die aus einem steinernen Rundturm und mehreren Holzbauten bestand. Schon im 13. Jahrhundert war die Kenntnis über die Burg Ordenberg in Vergessenheit geraten. Auch das Geschlecht, das sich nach seiner Burg »von Ordenberg« nannte, starb aus. Mit der Zerstörung der Burg vergaß man ihre Lage. Während andere Burgenstätten der Nachbarschaft, so die Poppenburg und die Winzenburg, bekannt und teilweise erhalten sind, geriet die kleine Burg Ordenberg jahrhundertelang in Vergessenheit.[24] Erst in jüngster Zeit wurde das Wissen der genauen Lage der Ordenburg und ihres Geschlechts aus dem Dunkel der Geschichte wieder ans Licht geholt.[25]

Der Schulenburger Berg ist ein alter Siedlungsort, der schon lange vor dem Mittelalter befestigt war, wie ein vorgeschichtlicher Ringwall beweist. Die Lage des Berges, um den die Leine einen Bogen beschreibt, war leicht zu verteidigen und bot guten Schutz gegen Feinde. Eine Fluchtburg für das Volk der Umgebung mit mehreren Ringwällen, die mit Palisaden oder dichtem Buschwerk gesichert und auch mit Beobachtungstürmen versehen waren, wird heute von den Archäologen rekonstruiert. Dieser Ringwall wurde später so in die Außenanlagen des Schlosses integriert, dass er heute wie eine alte zum Schloss gehörende Wallanlage wirkt.

Als Bauplatz für das zukünftige Schloss Marienburg erfüllte der Schulenburger Berg in vieler Hinsicht die Wunschvorstellungen von Königin Marie. Dieses Grundstück wies in seiner Kombination von Fluss, Berghang, Felsen und Schlucht fast alle Landschaftsmotive auf, die das romantisch geprägte Idealbild einer Höhenburg vorgab. Für die Auffassung der Zeit der Spätromantik spielte außerdem der geschichtliche Bezug eine große Rolle, wie der Text der Schenkungsurkunde anschaulich beschreibt, *»nahe Unserem altem Ahnensitze Calenberg [...] mit freundlicher Aussicht über die lieblichen Gaue der Leine«*.[26]

Als Bauplatz für das Schloss wählte man den abfallenden Südhang oberhalb der Leine. Diese Lage erlaubte eine Ausrichtung des Schlosses gegen die Südsonne. Im Westen war der Burgberg durch das sanft ansteigende Köthental erhöht, während im Osten eine künstliche Schlucht, die durch einen verlassenen Steinbruch entstanden war, den Bauplatz scharf abgrenzte. Der Hang zur Leine und der Steinbruch wurden so abgetragen, dass der Burgberg zum Süden und Osten steil aufragte. In dem zu einer »wilden Schlucht« vertieften Steinbruch sollte ein künstlicher »Wasserfall« unter einer Zugbrücke in die Leine »stürzen«.

Ganz dem romantischen Geist der Zeit entsprach auch, dass der Schulenburger Berg von jeher als sagenumwoben galt. In den Spalten und Löchern des ehemaligen Steinbruchs sollte ein geheimnissvolles Zwergenvolk leben, von dem mehrere alte Legenden und Märchen berichteten. Welch wunderbarer Zusammenfall: eine neugotische Burg auf einen Zwergenberg zu bauen! Denn Zwerge gehörten hierzulande zu den beliebtesten Dekorationsmotiven im neugotischen Schlossbau. Diese Vorliebe stammte aus den deutschen Sagen des Mittelalters, in denen Zwerge wichtige Rollen spielen. So bevölkerten dann auch auf der Marienburg ganze Heerscharen von großen und kleinen

Zwergen in Form von Skulpturen und Gemälden aller Art das Schloss.[27]

Angesichts all dieser Vorteile verschloss man gänzlich die Augen vor den Nachteilen dieses Bauortes: So war das Grundstück viel zu klein, und damit hatte man keinen Einfluss auf die Entwicklung der umliegenden Ländercien. Außerdem lagen nahe am Burgberg an der Leine mehrere unschöne, qualmende Kalkbrennereien. Schlimmer noch aber war der Bau einer großen Zuckerfabrik in südöstlicher Blickachse des Schlosses. Man hoffte, hier in Zukunft eingreifen zu können – ein Trugschluss, denn sämtliche Versuche, diese Ländereien aufzukaufen oder den Bau der Zuckerfabrik durch Gerichtsverfahren zu verhindern, blieben ohne Erfolg.

Eine glücklichere Hand bewies Königin Marie bei der Wahl der Architekten von Schloss Marienburg. Mit Conrad Wilhelm Hase (1818-1902) und Edwin Oppler (1831-1880) verpflichtete sie zwei der bedeutendsten und innovativsten Architekten der Hannoverschen Bauschule.

Der Schlossbau unter Conrad Wilhelm Hase (1858-64)

Im Jahr 1857 wurde Conrad Wilhelm Hase von König Georg V. beauftragt, die Marienburg im »*gothischen Style*« zu entwerfen. Hase galt als Spezialist für mittelalterliche Baukunst und war zugleich der Gründer der Hannoverschen Bauschule. Der junge Architekt war dem Hof gut bekannt, hatte er sich doch kurz zuvor mit seinem aufsehenerregenden preisgekrönten Neubau des Museums für Kunst und Wissenschaft in Hannover einen Namen gemacht. Hase war der neue Stern am Architektenhimmel. Weitere bedeutende Aufträge folgten: Nur ein Jahr nach seinem Entwurf für die Marienburg erhielt er den Auftrag zum Bau der Christuskirche (1859) in Hannover.[28] Da der Bau nahe dem neuen Welfenschloss lag, übernahm der König persönlich das Patronat und die gesamte Finanzierung. Die Christuskirche war damals eine architektonische Sensation. Es war der erste große Kirchenbau des 19. Jahrhunderts in Hannover, der zugleich den modernen Stil der Reformgotik vorführte.[29] So wurde

Einer der ersten Entwürfe des Schlosses. Skizze aus einem Brief von C.W. Hase, vor 1858

die Christuskirche auch zum Gründungsbau der Hannoverschen Bauschule.

Der charakteristische Stil der hannoverschen Neugotik begann sich zum Zeitpunkt der Erbauung von Schloss Marienburg im Jahre 1858 erst genauer zu formieren. Bei diesem Bau konnte Hase nicht seine neuesten Ideen zur modern-gotischen Reformgotik umsetzten. Königin Marie hatte klare Vorstellungen, wie »ihre mittelalterliche Burg« aussehen sollte, und wünschte einen eher konservativen, rückwärts gewandten, malerisch-romantischen Baustil. Sie legte dem Architekten eigene Skizzen und Pläne vor, die sie zusammen mit Major Eduard Hugo Witte zu Papier gebracht hatte. Außerdem hatte sie bereits den Major zum Bauleiter ernannt, eine unglückliche Entscheidung, denn Witte hatte keine Erfahrungen in Baufragen.

Hase sah sich mit diesen Vorgaben konfrontiert und musste seine Planungen um die sehr laienhaften und ungeschickten ersten Entwürfe entwerfen. So waren Grundriss und Ansicht des Schlosses schon im Wesentlichen vorgegeben: Vier Gebäudeflügel lagern sich um einen geschlossenen Burghof, der von einem hohen Turm, dem Bergfried, überragt wird. Der Grundriss zeigt eine streng achsensymmetrisch ausgerichtete Anlage – eine Vorgabe, die ganz in der Tradition des barocken Residenzbaus steht und überhaupt nichts gemein mit den gewachsenen Strukturen mittelalterlicher Burganlagen hat.

Hases Kunst lag darin, dem Schloss trotz dieser regelmäßigen Anordnung der Flügel den Charakter einer »richtigen Burg« zu geben: Am Außenbau und im Hof wurden die Ecken unterschiedlich betont, um optisch eine Asymmetrie der Flügel zu erreichen. Einzelne Bauteile wie die Torbauten, Treppentürme und Giebel wurden auffällig akzentuiert und sollten so in ihrer Stilvielfalt den Eindruck einer über Jahrhunderte gewachsenen Burganlage erwecken.

Um den Anschein einer alten Burg zu vervollständigen, erhielt das Schloss »mittelalterliche Verteidigungsanlagen«: Die Türme wurden mit Schießscharten und zinnenbewehrten Mauern versehen. Die mächtigen Torbauten wurden mit Fallgittern und einer Zugbrücke ausgestattet. In Wirklichkeit hatten die »Verteidigungsanlagen« ganz andere Funktionen: So dienten »Bastionen« als Eisschrank, »Wachtürme« als Ställe für die zahmen Tiere der Prinzessinnen (Ziegenstall und Vogelvolieren) oder sie versteckten eine »Mistspindel« – eine Art Fließband, das den Pferdemist

Der Garten mit künstlichen Felsen, Grotten und einem Wasserfall sollte den Charakter einer »Felsenburg« unterstreichen. Aquarell von H. Kretschmer, vor 1864

der Ställe im Wirtschaftshof über die Burgmauer auf Wagen transportierte.

Stilistisch gesehen gelang dem Architekten Hase an diesem Bau ein erstaunlicher Kompromiss. Hier zeigte sich Hase als Kenner mittelalterlicher Baukunst und zog alle Register der Formensprache der malerischen Neugotik. Meisterhaft verband er das Gemisch der gewünschten Stilzitate zu einem harmonischen Ganzen. So wurden Formen der französischen Früh- und Hochgotik mit den typischen Formen der englischen Tudorgotik zusammengesetzt. Fenster und Türen zeigen alle möglichen Bogenformen: Es finden sich neben Kiel- und Vorhangbögen einfache Spitz- und Rundbögen. Als Vorbilder für die hohen Dächer und Türme dienten die Loireschlösser der französischen Renaissance, während die Giebel der Schaufassaden Sandstein-

arbeiten im Stil der Nürnberger Spätgotik zeigen. Weitere Formen orientierten sich auch an der Marienburg in Ostpreußen, dem Holstentor in Lübeck. und dem neugotischen Schloss Balmoral in Schottland. Malerische Vielfalt bestimmte auch Hases Gestaltung der Dachlandschaft: Häufig verwendete Motive sind Treppengiebel, Dacherker und Gauben sowie eine Vielzahl von Türmen, die alle mit unterschiedlich ausgebildeten Helmen bekrönt sind. Auch typische Stilelemente der Hannoverschen Bauschule sind zu finden: Steinsichtigen, mehrfarbigen Backsteinbau in Kombination mit sichtbarem konstruktivem Fachwerk verwendete Hase für die Pferdegeschirrkammern in dem geschlossenen Wirtschaftshof.

Die Fassade des Ausfahrtstores orientiert sich in ihren Formen am Holstentor in Lübeck. Aquarell von C.W. Hase von 1859

Am 9. Oktober 1858 war es endlich so weit: »*Der Grundstein zu dem Lustschloß ihrer Majestät der Königin auf dem Marienberge bei Nordstemmen*«[30] wurde in Anwesenheit der königlichen Familie gelegt. »*Ihre Majestäten ... geruhten, ... den Stein mit den ersten drei Hammerschlägen zu befestigen. Die folgenden Hammerschläge geschahen durch Se. Königliche Hoheit den Kronprinzen ERNST AUGUST, damals 13. Jahre alt; Ihre Königliche Hoheit Prinzeß FRIEDERIKE, damals 10 Jahre alt; Ihre Königliche Hoheit Prinzeß MARY, damals 9 Jahre alt; und dann nach einander von den sämtlichen anwesenden hohen Gästen, Baubeamten und Werkmeistern.*«[31] Mit dem Baubeginn strömten Handwerker aus ganz Deutschland zu dieser Baustelle, darunter auch einige Steinmetze von der Kölner Dombauhütte. Vor allem waren Bildhauer gesucht, die mit dem schwierig herauszuarbeitenden gotischen Formenschatz vertraut waren.

Ein großes Problem stellte am Anfang die schlecht zugängliche Lage der Baustelle am Leinehang dar. Außer einem steilen und gefährlichen Holzweg gab es noch keine ausgebauten Fahrwege auf den Berg. Erst der Bau einer Pferdeeisenbahn, deren Schienen von der Leine bis zum Bauplatz verlegt wurden, brachte endlich die notwendige Abhilfe. Die Baumaterialien wurden so mit jeweils vier Pferden, die das Hofgut Calenberg stellte, von dem Lagerplatz an der Leine hinauf zur Baustelle transportiert. Nun schritt der Bau zügig voran und schon am 24. Juli 1860 wurde das Richtfest gefeiert. Man hoffte zu dieser Zeit noch, den Bau 1862 fertigzustellen.

Doch die Streitereien des immer eigenmächtiger handelnden Bauaufsehers Major Witte mit dem Architekten Hase führten dazu, dass der Bauvorgang schließlich fast ganz zum Erliegen kam. Witte, ein ehrgeiziger Parvenue, der in der Gunst der Königin stand und den sie liebevoll mit dem Spitznamen »Fridolin« ansprach, hatte in kürzester Zeit unglaublich viel Einfluss und Macht auf dieser Baustelle an sich gerissen. Hierzu gehörte auch die Kontrolle der Finanzen für den Schlossbau, sehr zum Ärger des Ober-Hofmarschalls v. Marlotie, der wiederholt bei der Königin gegen Wittes Vorgehen intervenierte. Seit Baubeginn der Marienburg hatte Witte großzügig Kostenvoranschläge geschrieben, ohne Rücksprache mit dem Architekten zu nehmen. So kam

es zu erheblichen Fehlkalkulationen. Als man schließlich mit dem Innenausbau des Schlosses begann, waren alle Gelder verbraucht. Trotz der nachträglich bewilligten Gelder zwang der inzwischen zum Burghauptmann beförderte Witte den Architekten zu strengsten Sparmaßnahmen. Er forderte von Hase neue Entwürfe für die Innenräume, die wesentlich preisgünstiger sein sollten. Von all dem sollte die Königin nichts wissen. So litt der Innenausbau des Schlosses unter der schlechten Bauleitung des Majors. Für die Gestaltung der Innenräume einigte man sich auf eine Notlösung: Nur für die Repräsentationsräume der Burg sollten die alten Entwürfe beibehalten werden. Die Festsäle und die Wohnräume im Südflügel plante man zwar im »*gothischen Styl*« – allerdings in stark reduzierter Form. Das bedeutete weniger aufwendig geschnitzte Dekorationen mit Skulpturenschmuck. Für die Wohnräume und die Schlafzimmer wurde ein kostengünstiger Notbehelf aus Gips und Tannenholz ausgeführt.

Die Festsäle und repräsentativen Wohnräume wurden trotz dieser Einsparungen prächtige Beispiele neugotischer Dekorationen. Hase orientierte sich an der Ausstattung des englischen Schlosses Windsor. Reich verschlungene spätgotische Maßwerkformen mit Hängesäulen und Möbeln im hochgotischen Stil schmückten den später leider abgebrochenen Rittersaal. Ein Höhepunkt von besonderer Harmonie ist die gotische Turmbibliothek. Hier spannt sich ein prächtiges Schirmgewölbe über eine mittlere Säule – eine Form, die ihr Vorbild aus den englischen Kapitelsälen der großen gotischen Kathedralen herleitet. Die Eingangshalle mit dem Haupttreppenhaus gehört zu den eindrucksvolls-

Der Salon der Hofdamen im Stil der »elisabethanischen Gothik«. Aquarellierte Bauzeichnung von C.W. Hase, vor 1860

Salon der Prinzessinnen. Der gotische Stil ist noch ganz von spätbiedermeierlichen Formen geprägt. Ausgeführter Entwurf von C.W. Hase, vor 1860

ten Raumschöpfungen der Marienburg: Acht polygonale Pfeiler sind so in den quadratischen Raum eingepasst, dass sie ein Rund bilden, das von einem Sterngewölbe überspannt wird. Ursprünglich sollten vor den Pfeilern acht große Ritterfiguren stehen. Diese Runde der berühmten Vorfahren des Königshauses hätte der Halle einen fast sakralen Charakter verliehen und den Besuchern ein würdiges Willkommen geboten. Einige dieser Skulpturen wurden nach dem Umbau 1865 dann im Park am sogenannten »Nürnberger Tor« aufgestellt. Hase hatte für die Innenräume eine hochwertige Ausstattung aus Eichenholz geplant, deren Qualität in den bemerkenswerten Tischlerarbeiten einer Baldachinbank und einer Wendeltreppe in der Bibliothek des Königs ablesbar ist.

Im Schloss Marienburg zeigte sich der Architekt Hase bemerkenswert aufgeschlossen für modernste Technik: Viele der technischen Details bildeten für die Zeitgenossen ein wirkliches Novum. So ließen sich die Terrassentüren des Rittersaals im Boden versenken. Auf diese Weise verwandelte sich der mit rei-

chem Maßwerk geschmückte Vorbau in einen offenen Gartensaal, den man sich mit reichen Buntglasfenstern vorstellen muss. Die ausgeklügelte Technik hierfür lieferte die einheimische Firma Pfaff, die später mit ihren Nähmaschinen Weltruhm erlangte. Sehr fortschrittlich zeigte sich Hase auch in seiner Verwendung von Gusseisen. Überall im Schloss ließ er Eisenfenster einbauen, eine moderne Errungenschaft, die zu dieser Zeit nur das Schloss Sayn nahe der Sayener Eisenhütte am Rhein besaß. Eindrucksvoll ist auch die selbsttragende Treppe aus Gusseisen, die ihr Vorbild in der Treppe der Schlosskapelle von Burg Stolzenfels hat.

Der Rittersaal wurde in dieser Form ausgeführt. Erhalten von dieser Ausstattung sind noch eine Baldachinbank und einige Konsolen. Entwurf von C.W. Hase, vor 1860

Im Sommer 1864 beschloss Königin Marie die Entlassung von Conrad Wilhelm Hase, da keine wirklichen Fortschritte auf der Baustelle abzusehen waren. Hase war vermutlich erleichtert, nicht länger Teil der ehrgeizigen Machenschaften Wittes zu sein. Das Schloss war zu dieser Zeit im Erdgeschoss in fast allen Räumen fertig eingerichtet. Wesentliche Teile der Einrichtungen wie Installationen, Heizung, Wirtschafts- und Küchenräume dagegen fehlten, sodass der Bau noch nicht bewohnt werden konnte.

Ein neuer Architekt für die Marienburg

Der neue Architekt der Marienburg hieß Edwin Oppler (1831-1880). Er war einer der begabtesten Schüler Conrad Wilhelm Hases und hatte in dessen Baubüro unter anderem die Renovierung des Knochenhauer Amtshauses in Hildesheim geleitet. Oppler wurde im Oktober 1864 von Georg V. beauftragt, das Schloss auch im »*Inneren, eines von mir würdigen Geschenkes*« auszubauen.

Königin Marie hatte sich für diesen Architekten entschieden, nachdem sie das Können Opplers in den Räumen der Villa Solms bestaunt hatte. Dieser Bau, den Oppler für den Halbbruder des Königs an der Herrenhäuser Allee im neugotischen Stil erbaut hatte, war Stadtgespräch. Hier wurde der typisch hannoversche Stil einheitlich im ganzen Haus durchgeführt. Die Dekorationen und Möblierung aller Zimmer waren bis ins kleinste Detail aufeinander abgestimmt. Die hellen Räume präsentierten eine neue Mischung aus farbenfrohen Wandmalereien, bunten Stoffen in Kombination mit Möbeln von erlesener Handwerksarbeit. Das innovative Design zeigte klare und konstruktive Formen anstelle der für den gotischen Einrichtungsstil sonst üblichen gotischen Spitzbögen und zierlichen Fialen, Krabben und Kreuzblumen. In der Villa Solms hatte Oppler geschickt den berühmten französischen Wohnkomfort und Luxus (den er während eines Arbeitsaufenthaltes in der Modemetropole Paris studiert hatte) mit der hannoverschen Reformgotik zu verbinden gewusst.

Königin Marie war begeistert. Außerdem verstand sie sich auf Anhieb gut mit Edwin Oppler, der hoch gebildet und äußerst redegewandt mit dem ihm eigenen Charme die Königin für seine Reformideen gewinnen konnte. Die Ernennung von Edwin Oppler zum leitenden Architekten der Marienburg war in Hofkreisen sehr umstritten. Der neue Architekt war jüdischen Glaubens, was zu heftiger Kritik und Intrigen führte. Bisher hatte es am Hofe keine Juden in dieser Position gegeben. Oppler gehörte zur ersten jüdischen Studentengeneration, der aufgrund einer neuen Gesetzgebung ein Studium an der Hochschule in Hannover überhaupt erlaubt wurde. Die Entscheidung, Oppler als

Architekt für eine Bauaufgabe ersten Ranges zu verpflichten, wurde von den konservativen Hofkreisen als ein zu politisch-liberales Vorgehen verurteilt. Unbeeindruckt von all den Einwänden wagten Architekt und Bauherrin nun ihr ambitioniertes Projekt. Aus dem kleinen Sommersitz sollte ein repräsentativer Vorzeigebau werden, der allen Anforderungen einer Hofhaltung und des Hofzeremoniells genügte. Königin Marie packte nach den Jahren der Enttäuschung über den langsamen Bauvorgang wieder das Baufieber. Es wurde erneut die unglaublich große Summe von 250.000 Talern für den Umbau zur Verfügung gestellt.

Die Hannoversche Bauschule

Am Umbau der Marienburg entfachte sich ein Streit um die Grundprinzipien der Hannoverschen Bauschule. Hier kämpfte einer der besten Schüler Hases mit seinem Lehrer und warf ihm eine Verletzung der Grundregeln der Architektur vor. Ausgerechnet der geduldige Conrad Wilhelm Hase, der eigentlich Vordenker, Gründer und wichtigster Vertreter der neugotischen Richtung dieser Bauschule war, wurde nun von seinem ambitionierten Schüler Oppler angegriffen. Und wie so oft erwies sich der Schüler konsequenter und dogmatischer in der Umsetzung der Regeln als Hase. Oppler ging sogar so weit, den wichtigsten Festsaal, den Rittersaal, als vollkommen missglückt und »*jeder echten und hohen Kunst hohnsprechend und somit unwürdig*«[32] zu bezeichnen – er sollte ihn wenig später rausreißen lassen.

Zu diesem Zeitpunkt waren für die Architektur der Hannoverschen Bauschule im Wesentlichen die Grundregeln formuliert. Man forderte, »*die konstruktive Ehrlichkeit und die überlegte Materialwahl*«.[33] Für die Innenarchitekturen, vor allem im privaten Wohnungsbau, waren die Theorien nicht so konsequent durchdacht worden. Hier sollte Oppler einer der Experten werden, die dogmatisch bis ins kleinste Detail des Designs die Regel »Wahrheit in der Kunst« umzusetzen gedachten.

Die Hannoversche Bauschule zählte zur dogmatischen Neugotikbewegung in Deutschland, wenn sie sich auch vergleichsweise spät entwickelte. Allen dogmatischen neugotischen Schulen gemeinsam war das Ziel, dem »*Kaleidoskop aller möglichen Richtungen*«[34] in der Baukunst, vor allem der beliebigen Durchmischung von Stilelementen endlich Einhalt zu gebieten. Als einzig wirksames Allheilmittel gegen die Geschmacklosigkeiten des pompösen Stils der aufkommenden Gründerzeit sahen die dogmatischen Neugotiker einen Stil der »Zukunftsgotik«. Auf der Suche nach einem modernen Stil für Deutschland orientierte man sich nun gezielt an einheimischer Gotik. Aus der reichen Vielfalt der Kunst des deutschen Mittelalters wollten die reformfreudigen Architekten nun eine zeitgemäße Architektur entwickeln. Die Forderung nach »*Wahrheit*« »*Reinheit*« und »*echter Schönheit*« fand man insbesondere in der Gotik des 13. Jahrhunderts verwirklicht. Hier bewunderte man die großartigen Ingenieurleistungen der Kathedralen. Als vorbildlich galt die konstruktive Ehrlichkeit, mit der die alten Baumeister Strebewerke, Gewölbe und Pfeiler der großen Kathedralen bauten: Jede Stützfunktion und ihr physikalischer Kräfteverlauf ist am Außen- und Innenbau deutlich sichtbar ablesbar. Fasziniert begann man diese Baukunst in Teilen für andere Bauten umzunutzen und nachzubauen – was aber nur teilweise gelang. Dabei sollten die konstruktiv-ehrlichen Formen von den Architekten nicht einfach kopiert werden. Es galt, die Gotik in allen Teilen gleich einer neuen Fremdsprache zu studieren und dann in ihrem Geist nach »alten Regeln« Neues zu schaffen. So beschreibt der neugotische Baumeister Viollet-le-Duc das Erlernen der »Sprache« der gotischen Bauweise anschaulich:

»*Wir verlangen, daß unsere Künstler zunächst die Baukunst des 13. Jahrhunderts studieren, aber so studieren, wie man die eigene Sprache studiert, nämlich so, daß sie nicht nur die Wörter, sondern auch die Grammatik und den Geist der Sprache lernen [...]; ausgehend von einer Kunst, deren Grundsätze einfach und in unserem Land anwendbar sind, deren Gestaltung zugleich schön und rational ist, werden unsere Architekten begabt genug sein, eben diese Kunst den heutigen Bedürfnissen abzuwandeln. Steckt, mit gewissen Einschränkungen, das Prinzip einmal in den Köpfen, kann man jeden machen lassen; in unserem Land, inmitten moderner Betriebsamkeit, wird diese nationale Kunst bald ihre Fortschritte zeigen.*«[35]

Ein Kennzeichen der Hannoverschen Bauschule wurden ihre

vorwiegend in rotem Backstein ausgeführten Bauten. In Hannover begann man die alte Backsteingotik wie die des hannoverschen Rathauses zu studieren.[36] Der Backstein galt lange Zeit als minderwertiges Material und war kaum in guter Qualität zu haben. Der Architekt Conrad Wilhelm Hase förderte den Backsteinbau, indem er eigene ästhetische Richtlinien für dieses Material entwickelte, gerne auch in Kombination mit bunten Glasursteinen. Er förderte den Backsteinbau so erfolgreich, dass der ein Kennzeichen dieser Bauschule werden sollte. Ihre charakteristischen roten Ziegelbauten überzogen im späten 19. Jahrhundert ganze Landstriche von Norddeutschland bis nach Skandinavien.[37] Hase setzte sich als Architekturlehrer an der Polytechnischen Hochschule jahrzehntelang kämpferisch für die Ideale der Hannoverschen Bauschule ein. So prägte er außerordentlich lange, von 1849-1894, als Professor für Baukunst ganze Architektengenerationen.[38] Darüber hinaus war Hase ein überaus erfolgreicher Baupraktiker, der es verstand, konsequent seine Theorien und Ideen in zahlreichen Bauten zu realisieren. Sein Einfluss wurde noch größer, als er Mitverfasser des Eisenacher Regulatives (1861) wurde, einer Kirchenbauverordnung, die unter anderem vorschrieb, *»vorzugsweise den sogenannten germanischen (gothischen) Styl«* anzuwenden. In den Jahren 1863-1897 war er auch als Konsistorialbaumeister der lutherischen Landeskirche tätig und prägte *»die Bautätigkeit und Baugesinnung im ganzen Lande.«*[39] Allein die Zahl seiner Kirchenbauten wird heute auf etwa 200 geschätzt.[40] Seine Studenten bildete Hase auch in den Grundlagen der Denkmalpflege aus. Er lehrte den sensiblen Umgang mit alten Bauwerken und kann daher als einer der Urväter der Denkmalpflege gelten. So rettete er zahlreiche Kirchen vor dem Abriss und betreute mit großer Fachkenntnis viele Restaurierungen, darunter die bedeutenden Kirchen St. Michael und St. Godehard in Hildesheim.[41]

Innerhalb der Architekturschulen des 19. Jahrhunderts kommt der Hannoverschen Bauschule eine einzigartige Stellung zu, da sich ihre eindringlichen, klaren Richtlinien für Architektur, Kunst, Handwerk und Gewerbe als Grundlagen etablierten, die auch an anderen Hochschulen Jahrzehnte lang gelehrt wurden. Der Hannoverschen Schule gelang es, die »Sprache der alten Kunst« als Prinzipien für Baukunst, Kunsthandwerk und Design so zu vereinfachen und zu vermitteln, dass ihre Richtlinien bis weit ins 20. Jahrhundert Gültigkeit behielten. Der Kirchen- und Profanbau ganzer Regionen und Städte Ende des 19. Jahrhunderts wurde von den Backsteinbauten im malerischen Stil der Hannoverschen Schule geprägt. Die Schüler entwickelten den besonderen Stil der »Hase-Gotik« individuell weiter und übertrugen ihn teilweise auch auf andere Stilrichtungen. Die zentrale Grundidee, aus der reinen Konstruktion die schöne Form zu entwickeln, wirkt über den konstruktiven Jugendstil und das Bauhaus bis in die heutige Zeit (*Form follows function*) hinaus.

Die äußeren Umbauten unter Edwin Oppler

Oppler brachte frischen Wind in die verfahrene Situation auf der Baustelle. Zu allererst klärte er die Machtverhältnisse. Zusammen mit dem Ober-Hofmarschall v. Marlotie gelang es dem inzwischen zum Burghauptmann beförderten Witte Geldunterschlagungen nachzuweisen und ihn so aus der Bauleitung herauszudrängen.

Der Öffentlichkeit wurde der Umfang des Ausbaus des Schlosses verschwiegen, denn Königin Marie wollte ihrem Ruf, »verschwendungssüchtig« zu sein, nicht noch mehr Zündstoff geben. Eine Pressemeldung informierte erst zwei Monate nach der Übergabe der Bauleitung an Oppler die Öffentlichkeit: »*Bei dem bisher langsamen Gange der Arbeiten, der in der Unsicherheit der Bauleitung seinen Grund hatte, war eine Vollendung des Ganzen nicht abzusehen. Der innere Ausbau eines ‚monumentalen Gebäudes, eines Königlichen Schlosses, ist allerdings eine sehr schwierige Aufgabe. Der begabte Künstler aber, welcher hinreichende Kenntnisse und Erfahrung besitzt, betrachtet diese Aufgabe, welche ihm Gelegenheit giebt, seine Kenntnisse, seinen Geschmack und seine Phantasie zu zeigen, als eine sehr dankbare. Er wird die Schwierigkeiten zu lösen wissen, indem er das Grundprincip der Baukunst stets vor Augen hat 'Der Außenbau soll das Spiegelbild des Innenbaus sein'. Leider ist dies von der bisherigen Bauleitung nicht befolgt worden. ... somit eine Aenderung noth-*

wendig geworden. Der Hr. Architekt Oppler hat bereits eine Anzahl neuer Projecte entworfen, und haben dieselben die Genehmigung um so eher gefunden, weil die nicht blos practischen Sinn und künstlerische Begabung bekunden, sondern weil bei ihnen der Grundsatz echter Kunst 'Wahrheit in Construction und Form' auf das Strengste gewahrt ist.«[42]

Marie vertraute den neuen Stilideen Opplers und ließ ihm freie Hand. Dieser plante nun, anstelle des bisherigen malerisch-romantischen Stilgemisches dem Schloss das Aussehen einer »echten Ritterburg« zu geben. So spiegeln seine Entwürfe für den Ausbau der Marienburg auch die neue Sichtweise auf den gotischen Stil wider. Inzwischen konnte man durch neuere Forschungen die Stilepochen des Mittelalters besser unterscheiden. Oppler bevorzugte für die Marienburg streng die Formen der frühen Gotik – vorzugsweise des 13. Jahrhunderts. Vorbild für den Ausbau wurde nun die Burg Pierresfond. Diese Burg wurde von Opplers Lehrer und Freund, dem berühmtem französischen Bauforscher Viollet-le-Duc, für Napoleon III. restauriert und aus-

Schloss Marienburg nach dem Umbau von 1866 durch Edwin Oppler, Stich um 1867

Der Südwestturm mit großer Aussichtsterrasse. Der Treppenturm zeigt die für diese Bauphase typisch verspielt-gotischen Dachformen. Entwurf von C.W. Hase 1859

gebaut. Bei dieser international beachteten Restaurierung wurden ganz neue Ergebnisse zum Burgenbau gewonnen und publiziert. So galten beispielsweise die verspielt geschwungenen Dachformen als vollkommen unpassend für eine Wehranlage. Deshalb plante Oppler die vielen geschwungenen Turmhelme der Marienburg durch gerade, gedrungene Kegeldächer zu ersetzten. Heute kann man an den Dachformen der Marienburg genau studieren, welcher Architekt sie entwarf. Die sehr dekorativen, verspielten, geschwungenen hohen Helme stammen aus dem Baubüro Hases, während die gedrungen Kegelformen auf die Bauphase unter Oppler zurückgehen.

Um das bisherige Stilgemisch am Außenbau einheitlicher zu gestalten, erfolgten viele Eingriffe, die aus heutiger Sicht nicht nachvollziehbar sind. So war für Oppler z.B. die hochgotische Fensterrose stilistisch nicht tragbar. Er ersetzte die zarte Fensterrose der Kapellenfassade mit ihrem hochgotischen Maßwerk durch ein Rundfenster in wulstigen »romanisch-frühgotischen« Formen.

Auf der Marienburg herrschte allerorten Platzmangel: Um die königliche Hofhaltung unterzubringen mussten so viele kleine Wohnungen und Zimmer wie möglich geschaffen werden. Überall wurden nun die Dächer ausgebaut und über den Stallungen Wohnungen geplant. Selbst die Torbauten und Keller wurden ausgebaut, um weitere Räume für Besuch und Dienerschaft bereitzustellen.

Außerdem wurden Neubauten geplant. Im Osten wurde ein dreistöckiger Anbau hochgezogen, der die Zimmerfluchten des Südflügels um zwei neue Wohnzimmer für die königliche Familie ergänzte. Im Westen baute man an den Südflügel einen großen Wintergarten in Form einer romanischen Kirche an. Der dreischiffige Bau mit Chorabschluss sollte im Untergeschoss Kalträume für die Kübelpflanzen haben. Im Obergeschoss war ein großer Festsaal im Stil eines für das 19. Jahrhundert typischen tropischen Gartensaals geplant. Ein reiches Licht- und Schattenspiel hätte durch große Fenster mit feinsten Bleiglasmustern in Blütenform und farbigem Glas dem Raum mit all den Pflanzen ein exotisches Flair verliehen. Auf dem Dach sollte eine große Terrasse zum Verweilen einladen. Diese Idee des Architekten einer »*Pflanzenkirche*« entstammte dem Gedankengut der frühen Neugotik. Sie wurde selten so konsequent umgesetzt wie Oppler das in seinen Planungen für Schloss Marienburg vorführte. Auch wenn der Bau nur bis zum ersten Stock fertiggestellt wurde, so vermitteln die Pläne und die erhaltenen Sandsteinarbeiten eindruckvoll die großartige Idee der »*Pflanzenkirche*«.[43]

Ein großer Wintergarten mit oberem Festsaal und Panorama-Dachterrasse sollte ein weiterer Höhepunkt der Marienburg werden. Entwurf von E. Oppler, um 1865

Ein weiterer geplanter Neubau war die Wasserpumpstation am Burgberg. Es herrschte ein großer Wassermangel, da die Quellen des Schulenburger Berges trotz des neu errichteten Sammelbrunnens nicht genug Wasser lieferten. »*Für den Hauptwasserbedarf im Schlosse zur Versorgung der Küche, der Pferdeställe, zur Reinigung im Gebäude, zur Löschung bei etwa eintretender Feuergefahr und zur Speisung von Wasserkünsten*«[44] wurde eine große Pumpstation mit Dampfmaschine entworfen. Das Gebäude sollte direkt am Nordufer der Leine liegen. Das Haus war als eine kleine eigene Burg mit zinnenbewehrten Türmen und steilen Dächern geplant und sollte als repräsentatives Torhaus dienen, das die Besucher standesgemäß mit großem Tor und Zugbrücke empfing. Dieser Bau ist ein seltenes Beispiel dafür, dass die Architekten der Hannoverschen Bauschule ihre Dogmen durchaus mit Humor umzusetzen verstanden. Beim genaueren Hinsehen verrät der Plan der Südansicht eine Spielerei des Architekten: Getreu dem »*ersten Grundprinzip der wahren Architektur*« sollte »*der Außenbau ... ein Spiegelbild des Innenbaus sein*«.[45] Die Silhouette ähnelt einer Lokomotive mit Führerhaus, Schornstein und Dampfkessel und demonstriert so klar ablesbar am Außenbau den wirklichen Zweck des Torhauses, und zwar neben der Gärtner- und Pförtnerwohnung eine Dampfmaschine und einen Druckgasbehälter zu beherbergen.

Der Innenausbau: »Ein Tempel wahrer Kunst«

Der Architekt hatte Königin Marie zu überzeugen gewusst, dass der Innenausbau des Schlosses sich in besonderer Weise zur Förderung der einheimischen Künste und des Handwerkes anbot. Königin Marie sah sich nun, wie viele Vertreter der Aristokratie im 19. Jahrhundert, in der Rolle des Mäzens, der sich in traditioneller Weise zur Förderung von Kunst und Wissenschaft verpflichtet fühlte. Das ehrgeizige Projekt ging so weit, das Schloss als exemplarischen Vorzeigebau zu planen. Hier sollten zukünftige Generationen Stil und Ausführung, *»modern hanöversche Gothik«*, studieren. Der Umbau der Marienburg stand seit der heftigen Kritik Opplers an Hases Architekturentwürfen im Mittelpunkt einer öffentlich geführten Diskussion um qualitätvolle Raumkunst im Stil der Hannoverschen Bauschule. Diese Baustelle stand außerdem im Blickfeld der hannoverschen Öffentlichkeit, da Oppler eine ungewöhnlich große Anzahl von Künstlern, Handwerkern und Werkstätten gleichzeitig beschäftigte, um schnellstmöglich große Teile des Schlosses fertigzustellen.

Die Entscheidung, für eine königliche Schlossausstattung einen progressiven und unkonventionellen Stil zu wählen, war außergewöhnlich und sorgte für großes Aufsehen, zumal der Hannoversche Hof als überaus konservativ galt. Der neue Anspruch, das Schloss nun in einen *»Tempel wahrer Kunst«* umzubauen, umfasste ein komplexes, teilweise noch erhaltenes Bildprogramm. Es griff die Thematik der Entwicklung, Bedeutung und Verherrlichung von Kunst- und Handwerk symbolisch in Fresken, Gemälden und in symbolischen Dekorationen auf.

Die neue Innenausstattung der Marienburg sollte repräsentativ und zugleich individuell gestaltet sein. Der Stil der *»modernen Gothik«* fordere, so Oppler, *»Stylstrenge, edlern Formensinn, klare Konstruktion, richtige Verarbeitung des Materials und namentlich*

Ruhe in der Anordnung, verbunden mit Bequemlichkeit.« Der Ansporn, eine vorbildliche Ausstattung zu schaffen, führte zu einer Fülle wirklicher Neuschöpfungen im Raumdesign. Die großzügig bemessene Finanzierung erlaubte dem Architekten, für die Ausstattung einen sehr hohen qualitativen Maßstab anzusetzen.

Mit den neuen Entwürfen für die Repräsentationsräume wollte der Architekt alles Bisherige weit in den Schatten stellen. Kostbar geschnitzte Eichendecken und -täfelungen sollten die Wandgemälde einfassen. In den Täfelungen waren Borde zum Aufstellen von Prunkgeschirr geplant. Große helle Sandsteinkamine, prächtig mit Wappen geschmückt, waren im Rittersaal und Speisesaal vorgesehen. Die Innenausstattungen greifen viele Architekturmotive der Wartburg auf – ein Verweis auf die berühmte Heimatburg Königin Maries: So sollte die Decke des Speisesaales eine Zeltform erhalten und auf die Deckenform des Sängersaals der Wartburg hinweisen.

In der Bibliothek der Königin vereinen sich Architektur, Malerei und Handwerk zu einem großartigen Gesamtkunstwerk. Photographie von F. Reinecke, um 1866

Eine besondere Herausforderung war, die neuen Repräsentationsansprüche in schon vorhandenen Räumen zu verwirklichen. Um etwas großzügigere Räume zu schaffen, entfernte man Zwischenwände und legte Zimmer zusammen. Im Zuge dieser Baumaßnahmen wurden ganze Raumfluchten entkernt, die von Conrad Wilhelm Hase schon fertiggestellt und bewohnbar waren. So entstand die neue große Empfangshalle, die so genannte Morning-Hall. Oppler begann mit der Demontage des vollständig fertiggestellten Rittersaales schon im Jahr 1864. Die bisher verwendeten Materialien wie Gips, Gusseisen und billiges Holz sah

Für die zwei neuen Wohnzimmer des Kronprinzen wurden vier kleinere Räume zusammengelegt. Photographie von F. Reinecke, um 1866

Edwin Oppler als unzeitgemäß an. Auch hier forderte die Maxime »*Wahrheit in der Kunst!*« eine strenge und stilreine Materialästhetik. Fast alle Stuckdecken in spätgotisch verschlungenen Formen wurden abgeschlagen und durch Holzdecken ersetzt. Überall entfernte man die gerade erst eingebauten Eisenfenster. Sie hatten sich als zugig und unpraktisch erwiesen und wurden durch Holzfenster ersetzt. Jegliches Gusseisen im Schloss sollte durch Schmiedeisen ausgetauscht, alle Fensterscheiben aus gewalztem Gussglas sollten gegen mundgeblasenes Antikglas mit zierlichen Schmuckverbleiungen ausgewechselt werden. Das von Witte angeschaffte Mobiliar unterschiedlichster Stilrichtungen wurde auf Opplers Vorschlag hin auf dem Bahnhof Nordstemmen »*zu Gunsten des Baus der Marienburg*« versteigert. Der enorme finanzielle Verlust, der durch die Vernichtung der bereits vorhandenen Ausstattungen entstanden war, wurde in der Öffentlichkeit streng verschwiegen. Der Krieg von 1866 unterbrach die Arbeiten und so sind ausgerechnet Hauptrepräsentationsräume der Marienburg nicht ausgeführt worden. Nur die Ausstattungen der Morning-Hall, des Billardzimmers und des kleinen Speisezimmers wurden in vereinfachter Form abgeschlossen.[46]

Eine Lehrwerkstatt hannoverscher Handwerkskunst

Oppler stand mit seinen Entwürfen, die fast alle komplizierte Sonderanfertigungen in altmodischen Arbeitstechniken darstellten, vor einem Problem: In Hannover gab es kaum Handwerks-

meister, die im stande waren, nach seinen Vorgaben zu arbeiten. Die Handwerker hatten im Zuge der industriellen Revolution ihre Kunstfertigkeiten verloren, da diese nicht mehr gefordert wurden. Deshalb entwickelte Oppler für die Baustelle der Marienburg ein umfangreiches Schulungssystem mit vielen Qualitätskontrollen, das den Handwerksmeistern zugleich auch als Fortbildung diente. So entwickelte sich die Baustelle zur experimentellen Lehrwerkstatt der hannoverschen Handwerkskunst. Hier wurde ein reger Austausch zwischen den Handwerkern und Künstlern gefördert. Oppler unterrichtete eigenhändig Tischler, Schmiede, Weber und Kunstmaler. Die Ergebnisse dieser ungewöhnlichen Experimente sind noch heute auf der Marienburg zu studieren.

Die Empfangshalle, die sog. Morning-Hall schmückten auf Mamortafeln gemalte Wandbilder. Die Halle blieb nach dem Krieg von 1866 unvollendet. Photographie von F. Reinecke, um 1868

Bemerkenswert sind die hochwertigen Holzeinbauten und Möbel der Marienburg. Sie besitzen eine Fülle von Raffinessen, die sich erst auf den zweiten Blick erschließen. So wurden für die großen Bücherschränke der Bibliothek der Königin ungewöhnlich dicke Eichenbretter verwendet, die tiefe halb- und vollplastische Schnitzereien schmücken. Jedes Möbel unterscheidet sich in kleinsten Details der Schnitzereien – das Auge soll die Harmonie wahrnehmen, ohne sich dabei zu langweilen. Für alle größeren Holzschnitzereien wurden vorher Gipsmodelle von dem Künstler Dag angefertigt. Im Gesamtwerk des Architekten Oppler sind keine vergleichbaren Möbel überliefert, die eine solche Dichte der Holzdekorationen vorführen.

Auch die Decke des Salons der Königin ist ein exzellentes Beispiel der Qualität der Holzarbeiten. Der Forderung nach »*Wahrheit in der Kunst*« beinhaltete die Grundidee, dass jegliche Konstruktion, Form und Dekoration eine schlüssige Einheit im Design bilden müsste. So besitzen die Dekorationen dieser Decken eine feine symbolische Architektursprache.

Fast alle bekannten Holzkonstruktionen wurden hier verwendet und in beispielloser Qualität ausgeführt. So konnte man durch das Schloss gehen und gleichsam wie in einem Lehrbuch für Tischlerkunst die Holzarbeiten studieren: Das erklärt die vielen unterschiedlichen Ausführungen der Konstruktionen für Türen, Decken, Täfelungen und Mobiliar. Bemerkenswert sind auch die vielen Stuhltypen, die im Detail unterschiedlichste Ausführungen (z.B. Verzapfungen, Andreaskreuz und Versatz) zeigen. Sie orientieren sich vor allem an den Holzverbindungen der mittelalterlichen Dachwerke.

Die Forderung nach »Wahrheit in der Kunst« bedingte eine ausschließliche Verwendung von Massivholz. Der Architekt lehnte Funierholz, das üblicherweise im Möbelbau verwendet wurde strikt als »unecht« ab. Leim wurde beim Zusammenbau so weit als möglich vermieden. Die neue Materialästhetik, die kaum Kompromisse zuließ, sollte richtungweisend für die Raumkunst der Hannoverschen Architektenschule werden. Die Tischlerarbeiten der Marienburg stehen in ihrem funktional-ästhetischen Design und der Qualität ihrer Ausführung im deutschen Schlossbau dieser Zeit einzigartig da.[47]

Oppler förderte im Besonderen die bisher stiefmütterlich vernachlässigten Handwerke, so auch Kunstschmiede und die Textilkunst. Schmiedeeisen war für eine neugotische Ausstattung zu dieser Zeit ein Muss, denn man hatte die Metalle den Stilepochen zugeordnet. Im Eisen sah man das einzig stilechte Material für die Gotik. Messing, Silber und Bronze wurden dagegen als angemessen für die Stile von Renaissance, Barock und Rokoko gesehen.

Die überreiche Verwendung von Schmiedeeisen wurde ein Markenzeichen für die Raumkunst dieses Architekten. In keinem anderen neugotischen Schloss in Deutschland findet sich ein derartig reicher Eisenschmuck wie an den Schränken in der Bibliothek der Königin. Stolz führte Königin Marie hier den bisher erreichten hohen Stand der Kunstschmiede im Königreich Hannover vor. Diese Beschläge waren reiner Luxus für Kunstkenner und um ein mehrfaches teurer als die Möbel, auf denen sie angeschlagen waren. Dahingegen ist die reiche Verwendung von flächendeckenden Eisenbändern typisch für das opplersche Werk zu nennen. Durch die äußere und innere Reihung der Schranktüren mit ihren reichen silbern schimmernden Beschlägen entsteht in diesem Raum ein besonderer Schmuckeffekt. Wie ein Hohelied auf das Material Schmiedeeisen und seine eigenwillige Schönheit führt Oppler hier stolz den hohen Stand der Kunstschmiedearbeiten im Königreich Hannover vor.

Die Formen der Beschläge variieren in einer Vielzahl von Ausführungen. Immer bilden Eisen und Holz im Design eine Einheit, die nahtlos ineinander übergeht. Und oft liegt eine versteckte Symbolik dem Entwurf der Eisenarbeiten zugrunde: So schmückt das Schloss

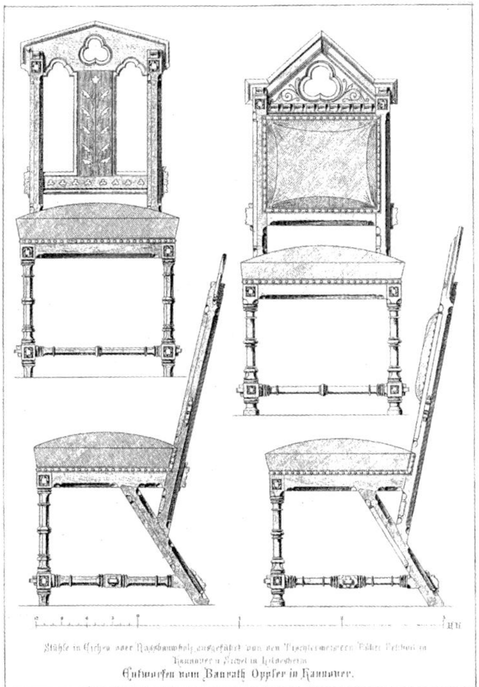

Ein neues Stuhldesign mit schräger Rückenlehne sollte für eine größere Bequemlichkeit sorgen. Diese Stühle wurden zu einem Markenzeichen der Reformgotik Edwin Opplers.

der Eingangstür zum Wohnzimmer des Kronprinzen ein kleiner Hundekopf – auch ein Symbol für den Wachhund, der seit alters her die Türen bewachen soll.

Oppler, der selbst schmieden konnte, bildete jahrelang hannoversche Kunstschmiede aus. Dadurch wurden die hannoverschen Eisenarbeiten bald so qualitätvoll, dass sie viele Preise gewannen und überall in Deutschland nachgefragt wurden. Diesen Bereich des hannoverschen Kunsthandwerks sollte der Architekt am nachhaltigsten erfolgreich zu fördern verstehen.

Eindrucksvoll sind auch die Dekorationsmalereien mit ihren vielen Mustern, Bordüren und Pflanzenformen. Für diese Malereien waren dieselben Dekorationsmaler tätig, die schon St. Michael in Hildesheim neu gestaltet und den prächtigen Innenraum der großen Synagoge in Hannover ausmalt hatten. In den Farbgebungen der Dekorationsmalereien auf der Marienburg mischten sich die Theorien von Goethes Farbenlehre mit denen der dogmatischen Reformgotik zu einem neuen großartigen Bild. Diese Theorien zur Malerei basierten auf präzisen Berechnungen, welche Farben anteilig zusammen die Flächen schmücken durften. Auch bemühte man sich, die strahlenden Farbtöne mittelalterlicher Malereien durch mineralische Pigmente nachzumischen, denn die industriell hergestellten chemischen Fertigfarben des 19. Jahrhunderts hatten sich als nicht lichtfest erwiesen. In den Wandmalereien der Marienburg wurde auch die altmodische Form der Wachsmalerei (Enkaustikmalerei) wiederbelebt.

Das dynastische Denkmal: Ein »Schrein von Erinnerungen«

Das Schloss als Glanzstück hannoverscher Kunst sollte darüber hinaus auch Bühne und Rahmen für ein zukünftiges Denkmal zu Ehren und in Erinnerung an die Blütezeit der Welfen und des sächsisch-anhaltinischen Hauses werden. Hierfür bot sich der neugotische Stil von Schloss Marienburg geradezu an.

Für die Festsäle wurden figurenreiche Wandbilder geplant, die Höhepunkte der Geschichte wirkungsvoll in Szene setzten sollten. Man engagierte Maler, deren Stil und Gesinnung der Auffassung der hannoverschen Reformideen entsprach. Zusammen mit Georg Bergmann wurden die Künstler Otto Knille, Leonhard Gey und Karl Gottlieb Merkel unter Vertrag genommen. Die Künstler sollten die Wände der Repräsentationsräume des Südflügels mit figurenreichen Wandgemälden in Freskotechnik schmücken. Die umfangreichen Bilderzyklen sollten Themen der Sächsisch-Thüringischen und der Welfischen Geschichte sowie verschiedener Sagen und Legenden der Wartburg darstellen. Erweitert wurde das Programm durch die Galerien der welfischen Vorfahren, die als Medaillonbilder die Wände beider Flure des Westflügels schmückten. Die enormen Mehrkosten, die durch diese Ausmalungen entstanden, wurden selbständig verrechnet, um nicht den Kostenvoranschlag zu sprengen.

Durch die Aufstellung von kostbaren Kunstschätzen aus Familienbesitz wie Goldschmiedearbeiten, Porzellanen, Steinzeug, Glas sowie der Waffensammlung sollte die Bedeutung der jahrhundertealten Geschichte, Tradition und Kunstkennerschaft vor allem der Welfen effektvoll unterstrichen werden.

Zu diesem Zweck suchten Königin Marie und Edwin Oppler gezielt besondere Objekte aus anderen Schlössern aus. Man durchforstete die hauseigenen Sammlungen nach vergessenen alten Schätzen, deren Wert erst im 19. Jahrhundert wieder gewürdigt wurde. So wurden altdeutsche Fayencen, Goldschmiedearbeiten der Renaissance und Porzellane auf die Marienburg geschickt.[48] Gleich einem Museum wurden die Räume eigens für bestimmte Teile der Sammlungen entworfen. Die Kunstschätze waren Teil einer berechneten Dekoration, bei der Raummöblierung, Dekoration und Farbauswahl ein abgestimmtes Ensemble bildeten. So wünschte die Königin *»fünf Porzellanzimmer«* für die Präsentation ihrer eigenen umfangreichen Porzellansammlung. In ihren repräsentativen Wohnräumen sollte auf die sächsische Herkunft der Königin verwiesen werden: Ein Hinweis auf ihren berühmten Vorfahren August den Starken, dem in Dresden erstmals die Porzellanherstellung gelang. Königin Marie nannte die Marienburg stolz *»ein[en] Schrein von Erinnerungen.«*[49]

Mit dem neuen Anspruch der Schlossausstattung traten die Welfen in Konkurrenz zu den Hohenzollern, die kurz zuvor ihre

Die Chinesischen Teezimmer der Königin zeigten ihre große Sammlung an asiatischen Porzellanen. Photographie von F. Reinecke, um 1866

»*Stammveste*«, Burg Hohenzollern (1846-1867) als »nationaldynastisches Denkmal« ausgebaut hatten. Im Schloss wollte man nun selbstbewusst darauf verweisen, dass man es in Hannover nicht nötig hatte, sich aus mehreren Nebenlinien zweifelhafter Verwandter eine ruhmreiche mittelalterliche Vergangenheit zu konstruieren, wie die Hohenzollern dies taten.[50] Stolz führte man hier im Speisesaal vor, dass der Welf schon zu Zeiten Karls des Großen Ritter und Herr war. Hier malte Leonhard Gey zwei Wandbilder. Das links vom Kamin gemalte Bild zeigt die Unterwerfung Widukinds durch Karl den Großen und somit die Verbrüderung und Einbindung der Sachsen in das Deutsche Reich. Das andere Bild beschreibt die legendäre Jerusalemfahrt (siehe Seite 83). Hier wird die Ankunft Karls des Großen in Jerusalem dargestellt. Links hinten auf dem Berg der Felsendom. Ein Menschenzug, angeführt vom Patriarchen, gefolgt von Johannitern in Rüstung und Zisterziensermönchen begrüßen den Pilger.[51]

Die hohen Kosten, die der Bau der Marienburg verschlang, waren gut angelegt, denn der Bau wurde zu einem nachhaltig wirkenden Katalysator der hannoverschen Kunstgewerbereformbewegung. Edwin Oppler wurde aufgrund seiner Verdienste um die Förderung desselben mit dem Titel eines »*Königlichen Baurathes*« ausgezeichnet. Auch wenn das Schloss aufgrund des Krieges von 1866 unvollendet blieb, so gehören die ausgeführten Räume der Marienburg doch zu den wichtigsten Schöpfungen der Hannoverschen Bauschule. Deutschlandweit stehen sie in ihrem ungewöhnlichen Reformstil im königlichen Schlossbau singulär da. Ähnliches ist nur in England im Kreise des Kunstgewerbereformers William Morris und im Stil der »muscular goths« zu finden.[52] Viele Entwürfe für das Schloss wurden später publiziert und kopiert.[53] Der Einfluss der innovativen Entwürfe lässt sich bis in den Jugendstil nachweisen.

Das Gemälde der Unterwerfung Widukinds durch Karl den Großen schmückt den Speisesaal. Leonhard Gey stellte das Fresko 1869 fertig.

Die Medaillonbilder berühmter Vorfahren schmücken die Wände des Westkorridors. Ausgeführt von Beissner, um 1865

Königin Marie war es nur kurze Zeit vergönnt, die noch im Bau befindliche Schönheit ihres neuen Schlosses zu genießen. Im Sommer 1865 hielt sich die königliche Familie einige Zeit auf dem Schloss auf. Zu dieser Zeit waren nur wenige Räume bewohnbar, wie die Räume des Kronprinzen im Ostflügel, sowie die alten Gästezimmer im 1. Stock. Es waren die letzten glücklichen Tage. Man feierte ein großes Sommerfest, für das der Rittersaal eine provisorische Dekoration mit gemaltem Schmuck erhielt. Nach dem Sommeraufenthalt ging der Innenausbau mit großer Geschwindigkeit weiter voran, sodass das Schloss bis zum Juni 1866 teilweise im Erdgeschoss, Ost- und Westflügel fertig gestellt war. Die Bauarbeiten waren bis zum Mai 1866 weit fortgeschritten. Angesichts der drohenden Kriegsgefahr des von Otto von Bismarck heraufbeschworenen Krieges um die Vorherrschaft im Deutschen Bund beschloss man, alle Bauarbeiten am Außenbau vorübergehend einzustellen. So blieb der große Wintergarten, der fast bis zum ersten Stock fertig gestellt war, unvollendet und wurde zu einer ungeplanten Ruine. Während des Krieges in den Monaten von Juni bis September 1866 wurde nur der Innenausbau im Schloss fortgesetzt.

Der Maler Georg Bergmann auf der Marienburg

Der Maler Georg Bergmann erhielt im Herbst 1864 den Auftrag, »*Das Märchen vom Marienberge*« als Wandbild im neuen Billardzimmer auf Schloss Marienburg zu malen. Zu dieser Zeit glich die Baustelle einem Bienenschlag, denn Opplers ehrgeizige Zeitplanung für den Umbau erforderte eine große Anzahl von

Die Medaillonbilder berühmter Vorfahren schmücken die Wände des Westkorridors. *Ausgeführt von Beissner, um 1865*

Arbeitern und Handwerkern auf dem Schloss.

Am Anfang war der Auftrag, den Georg Bergmann erhielt, klar umrissen: Er sollte oberhalb der hohen Eichenholztäfelungen Szenen des »*Alten Märchens*« malen. Laut Vertrag verpflichtete er sich, »*die Ausschmückung des Billardsaales der Kgl. Marienburg mit Fresken Gemälden*« zu übernehmen. Der Kontrakt schloss die Ausmalung des Turmzimmers und einer Wandnische mit ein, wobei ihm großzügig gestalterische Freiheit vertraglich zugesichert wurde: »*Anordnung und Vertheilung der Malereien, der Gegenstand derselben*« blieben ihm allein überlassen, »*doch wird er für die größte Wandfläche des Saales eine bildliche Darstellung des Märchens der Marienburg zu malen haben.*«[54]

Bergmann sah seinen Bilderzyklus des »*Neuen Märchens der Marienburg*« im großen Zusammenhang der Neugestaltung der Marienburg im Stil der Reformgotik: Durchdacht schrieb er ein Märchen passend für das neue ikonologische Gesamtprogramm, denn seine Erzählung handelte auch von der »Wahren Kunst«.

Das Billardzimmer

Am östlichen Ende der Repräsentationsräume des Südflügels, direkt neben dem Speisesaal, liegt das ehemalige Billardzimmer der Marienburg. Ein Billardzimmer galt damals als unerlässlicher Bestandteil des Raumprogramms und war meist, wie im Falle der Marienburg, in unmittelbarer Nähe zum Speisesaal angeordnet. Hierher konnten sich die Herren nach dem Essen zurückziehen und rauchen. Dafür bot sich das kleine Turmzimmer an, das vom

Billardzimmer zugänglich war und in dem ein Spieltisch stand. Raucherzimmer wurden üblicherweise in der Raumfolge in der Nähe von Billardzimmern, Bibliotheken oder anderen Herrenzimmern eingerichtet. Fernab von den Damenzimmern konnten sich die Herren hier ungestört »*dem pestilenzialisch stinkenden Luxus einer Zigarre hingeben.*«[55]

Das Billardzimmer der Marienburg ist nur ein schmaler längsrechteckiger Raum, gerade groß genug, um einen Billardtisch darin aufzustellen. Obwohl das Zimmer so klein war, wurde hier eine überaus prächtige Raumdekoration geplant: eine helle mit reichen Schnitzereien verzierte Eichenholzausstattung für Täfelungen und Decke. Vor allem die Decke ist bemerkenswert. Sie wird heute zu den aufwendigsten Eichenholzdecken der Hannoverschen Bauschule gezählt. Allein die plastischen Schnitzereien der Blattrosetten des Deckenfrieses beschäftigten neun Bildschnitzer. Diese Holzdecke sollte später Berühmtheit durch ihre Veröffentlichung in Bauzeitschriften erlangen.[56] Die Decke lässt erahnen, wie und in welch hoher Qualität die Prunkdecken des benachbarten Speise- und Rittersaals ausgeführt werden sollten, was nicht mehr geschah, da der Krieg von 1866 die Bauarbeiten jäh unterbrach.

Neue Planungen

Georg Bergmanns Skizzen der Wanddekoration für das Billardzimmer vom Winter 1864 wurden bereits im Frühjahr 1865 von Seiten der Bauleitung verworfen. Denn Oppler plante zu dieser Zeit östlich des Billardzimmers einen neuen, dreistöckigen Anbau, da die Raumsituation immer noch zu beengt war. Der neue Anbau sollte »*zur Gewinnung eines Eßzimmers für den Kronprinzen und eines Arbeitszimmers für die Königin sowie einer Dachterrasse für den Prinzen Georg*«[57] dienen. Der Hauptzugang zum neuen Anbau wurde durch die Wand des Billardzimmers gelegt. Der kleine Raum hatte jetzt vier Türen und somit kaum noch durchgehende Wandflächen, die zu bemalen waren. Außerdem fielen das Turmzimmer und die Nische, die Bergmann mit ausmalen sollte, durch den Umbau weg. Der Künstler muss-

te zusehen, wie seine Entwürfe der Wandmalereien hinfällig wurden, und sich monatelang gedulden, denn die Planungen für die Dekoration des Billardzimmers wurden immer wieder geändert.

Die Hoffnung, Szenen der Gemälde zumindest in Teilen doch noch ausführen zu können, entstand durch die Idee, den neuen Salon des Kronprinzen mit Wandfresken zu schmücken. Dazu sollte es jedoch nicht mehr kommen, denn zu dieser Zeit kam es zu einer Häufung von Missverständnissen zwischen der Bauleitung und Georg Bergmann. Oppler erläuterte das Problem in einem Brief an den Oberhofmarschall. Durch »*den projectierten Anbau eines Salons für Seine königliche Hoheit den Kronprinzen (fiel) die besagte Nische, mithin auch die Malerei derselben so wie des Erkers fort. Als Ersatz für diese Bilder sollte Herr Bergmann im neuen Salon ein neues Bild malen*«. Hier war die Rede von *einem* Bild. Bergmann hatte bereits mit ersten Entwürfen für ein umlaufendes Wandbild begonnen. Er kannte offensichtlich die Entwürfe für den kleinen Salon nicht, denn sonst hätte er gewusst, das diese nur an einer Stelle eine Aussparung für ein kleines Wandgemälde vorsahen. Für diesen Raum hatte der Architekt eine besondere Wandvertäfelung geplant. Bis unter die Decke sollten die Wände verkleidet werden und auf Borden vor Wandnischen sollte Prunkgeschirr stehen.[58] Später sollte die geplante aufwendige Ausstattung des kleinen Salons einer provisorischen Notlösung weichen.

Die Decke im Billardzimmer ist aus Eichenholz. Ihre Konstruktion galt als Wagnis und sie war so ungwöhnlich teuer, dass sie in internationalen Architekturzeitschriften häufig besprochen wurde.

Vom »Irrthum« des Künstlers

Georg Bergmann war durch die vielen Planänderungen und unterschiedlichen Aussagen seitens der Bauleitung sehr verunsichert. Auch bezüglich des Inhalts der Bilder gab es widersprüchliche Informationen. Er wandte sich deshalb in einem Brief persönlich an den König und erläuterte den Inhalt der Märchen und wie er denselben in Wandbildern darstellen wollte. Es sollte sein letzter Versuch sein, für seine Konzepte der malerischen Szenen zu kämpfen. In seinem Brief an den König fragte Bergmann nach, wie viele Bilder gewünscht würden und ob diese als Einzelbilder oder als durchlaufende Szenen anzulegen seien. Auch erläuterte er, warum er seinen Vorentwürfen das »*Neue Märchen*« zugrunde legte.

Der Salon des Kronprinzen im Anbau sollte eine Prunkvertäfelung bis unter die Decke erhalten. Hier war kein Platz mehr für Wandmalereien vorgesehen. Stattdessen sollten in den Nischen der Täfelung Prunkvasen aufgestellt werden.

Seine Absicht sei »*eine durchlaufende einheitliche Decoration der vorliegenden Räumlichkeit zu entwerfen, und wie mir eine nochmalige sorgfältige Durchsicht des ältern Märchens die Überzeugung gebracht, daß zu der beabsichtigten Zimmerausmalung dem ältern Märchen, als Grundlage der Decoration, die ausreichenden malerischen Momente fehlen, obwohl sich einige wenige Einzelheiten desselben mit dem neuern Märchen zu den beabsichtigten Zwecken wohl verweben ließen. Bei den von mir entworfenen Compositionen leitete mich der Gedanke, daß es für die Decoration der mir übertragenen Räumlichkeiten wünschenwerth sei, einen durchlaufenden Zusammenhang zwischen den einzelnen Bildern herzustellen, dazu aber bot mir das an malerischen Vorwürfen arme ältere Märchen keinen genügenden Stoff.*«

Bergmanns Konzept hätte die Erbauung der Marienburg als Teil einer fiktiven Geschichte in die Darstellungen eingeflochten. Inmitten der Idealwelt eines romantisierten Mittelalters hätte die »*gothische Burg*« ihren Platz erhalten.

Bergmann wollte das »*Alte Märchen*« nur in Teilszenen motivisch einbinden. Dieses eigenmächtige Handeln Bergmanns missfiel dem Architekten Edwin Oppler. Verärgert wies er ihn in seine Schranken. Er habe sich in Zukunft in dieser Angelegenheit nicht mehr an den König, sondern nur an die Königin zu wenden. Und diese wünsche ausschließlich Bilder des »*Alten Märchen*«! Klar und deutlich waren die weiteren Anweisungen, die Oppler dem Oberhofmarschall v. Marlotie erläuterte: »*Es solle hierbei die alte Sage des Schulenburger Berges zum Vorwurf dienen, jedoch in möglichst unveränderter Gestalt; am allerwenigsten soll die Veränderung in der Weise stattfinden, daß eine völlig neue Sage entsteht.*« Der Architekt Oppler korrigierte den Fehlschluss des Malers weiter: »*Wenn nun derselbe die Angelegenheit so aufgefaßt hat, als solle der neue Salon überhaupt ganz gemalt werden, so ist dies ein Irrthum.*« Im allgemeinen seien im Moment keine weiteren Gemälde geplant. Es werde »*vorerst ... von irgend welcher Malerei im neuen Salon ganz abstrahirt, sobald dadurch neue Mehrausgaben entstehen. In diesem letzteren Falle befehlen Ihre Majestät, daß nur das Billardzimmer wie ursprünglich im Contract bedungen gemalt werde.*«

Der Briefwechsel dokumentierte auch den immer wieder aufkommenden Zwist zwischen Architekt und Künstler. Oppler vertrat die Meinung, es sei Aufgabe des Architekten, die Gesamtregie zu führen, denn die »*Künste hätten sich dem Taktstock des Architekten unterzuordnen*«. Er verstand die Malereien als Teil des von ihm entworfenen Gesamtkunstwerkes. Mit seinen klaren Hierarchievorstellungen eckte er wiederholt auch bei den anderen Künstlern, Otto Knille und Leonhard Gey, an. Er räumte ihnen keine Mitspracherechte bezüglich der Gestaltung der Umrahmungen ihrer Wandgemälde ein. Für Bergmann hatte Oppler klare Instruktionen: Er solle »*mit seinen Malereien ... beginnen, und ganz nach seinem Dafürhalten aus der alten Sage Hauptscenen herauswählen; denn Ihre Majestät wünscht sehr dringend, daß wenigstens dies eine Zimmer im Frühjahr 1866 fertig sei.*«

»*Das Märchen vom Marienberge*« wurde nicht mehr von Bergmann gemalt. Denn der Krieg von 1866 unterbrach den weiteren Innenausbau und somit auch die Pläne für die Malereien.

Das »Hannoversche St. Helena«

Nach der Kapitulation der hannoverschen Armee vor der preußischen Übermacht floh Georg V. ins österreichische Exil. Königin Marie war auf ausdrücklichen Wunsch des Königs in Herrenhausen geblieben. Die Friedensverhandlungen Georgs V. mit Bismarck blieben vergeblich. Ein Beschluss des preußischen Landtages vom 20. September 1866 vollzog die Annexion: Das Königreich Hannover wurde in seinem vollen Gebietsumfang zur preußischen Provinz.

Scham über die Annexionsfeierlichkeiten und der schlechte Gesundheitszustand gaben schließlich den Ausschlag zur Abreise der Königin am 27. Oktober auf die Marienburg. Aus der geplanten kurzen Erholungsreise wurde ein längerer Aufenthalt: Die Rückkehr nach Hannover machte die preußische Regierung unmöglich.[59] Man richtete, so gut es ging, eine provisorische Hofhaltung auf Schloss Marienburg ein. Leicht war das keinesfalls, denn das Schloss glich einer Baustelle. Allerorten waren arbeitende Handwerker. Es war teilweise unmöglich, von einem Flügel zum anderen zu gelangen, ohne durch Berge von Schutt zu laufen. Die Repräsentationsräume des Südflügels befanden sich zurückgebaut im Rohbauzustand. Königin Marie musste Gäste, Abordnungen und Gesandte in den kleinen Räumen des Kronprinzen oder der Prinzessinnen empfangen. Sie selbst bewohnte mit ihrer Tochter die ehemaligen Fremdenzimmer im ersten Stock.

Plötzlich stand die Marienburg im Mittelpunk des politischen Geschehens. Königin Marie residierte hier im *»hannoverschen Sankt Helena«*[60] wie auf einer »Verbannungsinsel« inmitten des preußisch annektierten Gebietes. Der mutige Verbleib der Königin innerhalb des Landes, in unmittelbarer Nähe zur Residenzstadt, sollte ein deutliches Signal des Widerstandes gegen die Annexion Preußens setzten. Als letztes Band zwischen dem König und dem Volk sah die Königin Marie ihre Anwesenheit im Land. Ihrem Mann schrieb sie ins Exil: *»Und sie verlieren dann allen Muth, der sie immer beseelt, wenn auch dieses zerrissen würde«.*[61] Obwohl es keinesfalls sicher war, wie lange die Königin im Lande noch geduldet werden würde, stellte man sich auf einen jahrelangen Aufenthalt ein und Gelder für den Innenausbau wurden trotz der angespannten finanziellen Situation bewilligt.

Der Architekt Oppler versuchte, so gut es ging, den neuen Anforderungen Rechnung zu tragen. Die Marienburg musste so schnell wie möglich bewohnbar gemacht werden. Die umfangreichen Umbauten wurden daher verworfen und stattdessen Kompromisslösungen und Provisorien ausgeführt. Notdächer und Verglasungen erlaubten die Nutzung des Dachgeschosses. Da ein Teil der Innenausbauten (z.B. Räume der Königin) schon bezahlt war und bereits in den Tischlerwerkstätten gearbeitet wurde, behielt man diese Planungen bei. In anderen Räumen wie dem Wohnzimmer des Kronprinzen verwarf man die aufwendigen kostbaren Tischlerarbeiten und stellte den Raum in einfachster Form fertig, damit er bewohnbar war. Auch der Spielsalon wurde nur provisorisch ausgestattet, denn er bildete ein wichtiges Durchgangszimmer. Die Ausführung der Wandmalereien des Malers Georg Bergmann für den Spielsalon wurden in eine ungewisse Zukunft verschoben. Deshalb konnte er die Fresken vom Märchen »*Das Märchen vom Marienberge*« nicht mehr malen.

In dieser Zeit war es für die sehr religiöse Königin von größter Bedeutung, dass ihre »*herzige Kapelle*« fertiggestellt wurde. Ihr war es unmöglich gemacht worden, den öffentlichen Gottesdienst in der Dorfkirche in Pattensen zu besuchen. Seit dem 25. Oktober 1866 war für alle Gottesdienste das neue Kirchengebet angeordnet worden, das einen abschließenden Segen für das preußische Königshaus enthielt – eine Demütigung, die die Königin nicht hinnehmen wollte. Obwohl die königstreuen Handwerker mit Feuereifer trotz vieler Widrigkeiten arbeiteten, wurde die Kapelle erst zwei Jahre nach der Abreise von Königin Marie fertiggestellt.

Der preußischen Regierung war dieser trotzige Weiterbau am Schloss ein Dorn im Auge. Mit Argusaugen beobachtete sie das rege und schwer kontrollierbare Treiben, denn die Marienburg galt als zentraler Ort des Widerstandes gegen die neue Regierung: Immer wieder kam fürstlicher Besuch und viele Bürgerabordnungen und Vereine ließen es sich nicht nehmen, mit Geschenken persönlich vorstellig zu werden, um ihre Treue zu bekunden.[62] Im Sommer 1867 spitzte sich die Situation auf der Marienburg zu. Das Schlossgrundstück wurde von preußischen Gendarmen an allen Zufahrtswegen streng bewacht. Dennoch gab es Gerüchte, dass die Dienerschaft täglich heimlich Briefe an der von Gendarmen bewachten Leinebrücke vorbeischmuggelte, und auch Edwin Oppler brachte Briefe sicher auf den Weg nach Österreich.[63] Deshalb verstärkte die preußische Regierung die Kontrolle der Schlossbesucher und die Bewachung der gesamten Anlage. In der den Welfen zugetanen Öffentlichkeit sprach man in dieser Zeit von einer Gefangenschaft Königin Maries.

Bismarcks geschickter Schachzug – er drohte ihr zum 1. Juli einen preußischen Hofstaat an – zwang die Königin zu handeln. Es begann ein letztes verzweifeltes Ringen. In der Presse gibt es widersprüchliche Meldungen, mal hieß es, dass »*die Abreise der Königin von der Marienburg in der Tat beschlossen ist und bevorsteht*«,[64] dann wieder wurde berichtet, die Königin habe die Abreise verweigert. Schließlich wurde gemeldet, falls sie bis zum 19. Juli nicht abgereist sei, würde die angekündigte Verweisung des königlichen Gefolges und die Zuordnung eines preußischen Hofstaates durchgeführt. Aus den Quellen wissen wir, dass Königin Marie auf einer sorgsam geplanten Abreise bestand, obwohl es Gerüchte um Morddrohungen gab. Trotz der »*Gefahr für ihre Person und ihr Leben*« befahl sie den Architekten Oppler ein letztes Mal zu sich und besprach in einer ausführlichen Begehung ihres Schlosses die abzuschließenden Baumaßnahmen. Hierzu gehörte auch eine Mauer zum Schutz um den Prinzessinnengarten. Außerdem war es der Wunsch der Königin, der Öffentlichkeit in Zukunft Zugang zum Schloss zu ermöglichen. Am 23. Juli 1867 berichtete die Hannoversche Allgemeine Zeitung: »*Heute morgen nach 6 Uhr hat die Königin Marie mit der Prinzessin Mary die Marienburg verlassen.*« Zum letzten Mal fuhr sie angemessen mit sechsspänniger Staatskarosse am Bahnhof Nordstemmen vor. Von hier aus ging es über Kassel und Bayreuth nach Wien.

Nach der Abreise der Königin wurden nur noch die notwendigsten Arbeiten abgeschlossen. Die Tischlerarbeiten in den Repräsentationsräumen der Königin, die heute zu den schönsten des Schlosses gehören, wurden noch eingebaut. Die Maler Otto Knille und Leonhard Gey beendeten ihre Wandgemälde im Speisesaal und in der Morning-Hall. Im Jahr 1869 wurden schließlich die Bauarbeiten eingestellt. Eindrucksvoll sind die Beschreibungen über die »*Kümmernis der Zeiten*« in den Briefen des Malers Knille. Er schilderte seine Arbeit in dem verlassenen, leeren und kalten Schloss, das hier auch zum Symbol für das von seinem Herrscherhaus verlassene Königreich wird.[65] »*Man hat jetzt viel, viel Zeit ... der alten warmen Geselligkeit und der guten Freunde zu gedenken, ... [die ein] Geschick mit diesem hannoverschen St. Helena fast ein Jahr lang zusammengekettet hatte. Jetzt wandere ich einsam auf dem verlassenen Felsen umher und würde sicher alsbald ein Maler gotischer Träume werden, wenn die Gothik nicht wäre, die mich immer wieder rechtzeitig durch einen frischen und belebenden blauen Fleck aus dem Traumleben in die Wirklichkeit zurückstieße.*«[66] Königin Marie sollte ihr geliebtes Schloss nie wieder sehen.[67]

DAS NEUE MÄRCHEN
»Das Märchen vom Marienberge«
Entstehung, Inhalt, Deutung

Es war ein großer Paukenschlag zu dem der Märchenerzähler Georg Bergmann in seinem Text ansetzte. In seinen Wandbildern sollte das schier Unmögliche gelingen: die Vergangenheit zu verändern! In einem gewaltigen Zeitsprung von 500 Jahren sollte das neugotische Schloss Marienburg in die alte Epoche der Gotik zurückversetzt werden. So sollte das neue Bauwerk seinen Platz in der Reihe der alten Königsburgen an der Leine nachträglich einnehmen.

»Das Märchen vom Marienberge« ist eine erdachte Gründungslegende für Schloss Marienburg, die eine sagenhafte Geschichte um die Erbauung der Burg im Mittelalter erzählt. Hier werden tatsächliche historische Begebenheiten und Personen der Region vorgestellt und in eine Erzählung eingeflochten. Außerdem werden Teile des alten lokalen Volksmärchens »Vom Musikant im Zwergenloch« eingefügt. So entstand ein buntes und lebendiges Kunstmärchen, das Zeuge der Sehnsucht nach einer Idealwelt des Mittelalters wurde.

Schloss Marienburg sollte auf diese Weise eine historisch-märchenhafte Patina erhalten. Es war keineswegs ungewöhnlich, neugotische Bauwerke durch erdachte Gründungssagen in die erträumte Welt einer besseren Vergangenheit einzubetten. Solche Zeitsprünge waren im Allgemeinen ein beliebtes Thema der Kunst des Historismus. So war es üblich, sich in stattlichen historischen Kostümen porträtieren zu lassen. Einige gingen so weit, sich gleich in historische Ereignisse hineinmalen zu lassen, um sich auf diese Weise einen bedeutenden Platz inmitten der bereits überlieferten Geschichte zu verleihen.

Diesem Zeitgeist entsprang die Bildidee des Malers Georg Bergmann: Schloss Marienburg sollte malerisch ins romantische Mittelalter der Zeit »um 1400« zurückversetzt werden. Er plante, diese imaginäre Gründungslegende des Schlosses als Wandbild im Spielsalon umzusetzen. Ein breites Bildband sollte wandumspannend das ganze Märchen erzählen. Als Maltechnik schlug der Künstler die kompliziertere Form der Freskomalerei vor, bei der man direkt auf den nassen Putz der Wand malte. Von dieser Maltechnik dachte man damals, sie sei im Mittelalter entstanden. Georg Bergmann studierte zu dieser Zeit ähnliche Techniken im Hildesheimer Dom.

Der Künstler formulierte den Text für »*Das Märchen vom Marienberge*« auf besonders bildhafte Weise. So konnte auch der blinde König Georg V. sich die einzelnen Szenen gut vorstellen. Der Text wurde so geschrieben, dass er als eine Malvorlage dienen konnte. Es reihten sich Szene an Szene, wie in einem Drehbuch. In seinen anschaulichen Beschreibungen blätterte die Erzählung so eine Reihe von möglichen Bildern auf.

An den Wänden sollte ein aufwendiges Glanzbild des romantischen Mittelalters rund um das Bistum Hildesheim entstehen. Bergmann wollte Architektur und Kunst kombiniert mit romantisierten Alltagsszenen der Epoche gleicherweise lehrstückhaft und dekorativ vorführen. Hier konnte der Maler seine glänzenden Kenntnissen der Regionalgeschichte des Mittelalters einbringen. Deshalb ist die Erzählung reich gespickt mit bekannten Orten, Landschaften und Namen. Die Stadt Hildesheim mit ihren stattlichen Häusern, die Stadt Elze, aber auch die Poppenburg und das Kloster Wülfingshausen spielen zusammen mit dem bedeutendsten Bauwerk der aufkommenden Bernwardsromanik – St. Michael in Hildesheim – eine Rolle. Die alte Burgruine der Winzenburg sollte im Gemälde wieder zu einer großen vieltürmigen Burganlage erstehen, genauso auch die Stadt Hildesheim, die mit ihren prächtigen Bauten Teil der Szenerie bilden sollte.

Und mittendrin immer wieder Schloss Marienburg, die Bergmann in mehreren charakteristischen Ansichten malen wollte. So sollte erst die Erbauung der Burg, dann endlich die »*neue, fertige Burg, die ein Kreuz mit bunten Bändern an höchster Thurmspitze schmückte*« und schließlich das Versinken der »*stattlichen Burg in den Tiefen des Schulenburger Berges*« dargestellt werden.

Der Landschaft sollte eine viel größere Rolle zukommen. Bild für Bild sollte das märchenhafte Geschehen bühnenreif in Szene gesetzt werden. Der Schulenburger Berg wird gleich mehrfach beschrieben. So schläft der Ritter Conrad »bei den Zwergenlöchern am Schulenburger Berg«, später trifft sich der Brautzug »am Fuße des Berges«. Hier wird dann auf »Berges Höhen«, nahe dem Fluss, dort »wo er im goldenen Winkel durch die reiche, fruchtbare Ebenen zieht« das Schloss erbaut.

Bergmanns Bildkonzepte umfassten das Vorhaben, die schönen Aussichten aus den Fenstern des Billardzimmers in seinen Wandbildern aufzugreifen und malerisch fortzusetzen. Hier sollte der Betrachter an den Wänden die schönen Aussichten über bekannte Hügel, Berge und Flussauen wiederfinden, die man damals von der Marienburg aus genießen konnte.

Personen und Orte

Georg Bergmanns Märchen führt uns direkt in das Zeitalter der Kreuzzüge. Inmitten dieser bewegten Epoche ließ der Erzähler seine Protagonisten auf der Bühne um das legendenumwobene Bistum Hildesheim auftreten. Die Hauptpersonen seines Märchens sind alle Fantasiegeschöpfe. Sie weisen dennoch erstaunliche Parallelen zu historischen Persönlichkeiten der Region auf. Hier fließt das umfangreiche Detailwissen der Lokalgeschichte Georg Bergmanns mit ein. Seine Kenntnis der Kunst und Geschichte des Mittelalters stammte aus dem aktiven Kreis der heimatkundlichen Forscher des Museumsvereins in Hildesheim. Die Mitglieder sammelten fleißig alte Urkunden, Kirchenbücher und Berichte. Man versuchte durch Abschriften, die teilweise ins Hochdeutsch übersetzt und kommentiert wurden, die eigene Geschichte zu bewahren. Dies geschah auch vor dem Hintergrund der Schrecken der napoleonischen Kriege. Die Soldateska hatte unschätzbare Kunstgegenstände, zahlreiche Dokumente von großem historischem Wert zerstört.

Das von Bergmann verfasste Kunstmärchen im Stil des 19. Jahrhunderts kombinierte auf großartige Weise Elemente eines alten Zwergenmärchens mit einer erdachten Legende um den

Heiligen Bernward, den Beschützer der Kunst und Künstler und damit einem späteren Schutzherrn von Schloss Marienburg. Eine scheinbare Authentizität und Geschichtsnähe verlieh er dem Text durch die Verwendung der alten Geschlechternamen und deren Wohnsitze. Er zeigt sich gut unterrichtet über die Namen der ansässigen Geschlechter und deren Schicksale.

Das Kunstmärchen des Malers folgt außerdem in seinen Erzählsträngen den traditionellen Märchenthemen. Zu den klassischen Märchenmotiven gehört das ungleiche Paar der wunderschönen Schwestern. Sie stellen hier im Märchen das erste Paar von Gegensätzen dar. Die ältere, Wulfild, ist eitel und böse und nur auf den eigenen Vorteil bedacht. Sie denkt nur an sich und bleibt mit ihrem Wunsch nach Kontrolle ganz in der gewohnten Lebenswelt. Ihre eigene Gier und Wollust werden in dieser Enge schließlich ihr eigenes Ende herbeiführen.[68] Wulfild »*schmückte sich dann gar herrlich und schaute vom hohen Altan auf die Straße hinab, daß alle Leute ihre Schönheit bewunderten*«.

Oda, die jüngere Schwester, ist eine Handelnde. Sie zeigt schon zu Beginn des Märchens, dass sie keine Berührungsängste zwischen der Welt des geschützten Heims und der unsicheren Außenwelt der Armen und Kranken hat. Sie hat bereits eine eigene Autonomie entwickelt. Anders als ihre Schwester hat die jüngere Oda bereits mehr Lebensweisheit gesammelt. Sie »*dachte nicht an sich selbst, sondern an die Armen und Kranken, denen sie reiche Spenden austheilte*«. Darüber hinaus hat Oda auch den Weg zur Kunst und zu den Künstlern gefunden. Auch hier zeigt sie keine Furcht vor einer Begegnung mit dieser Randgruppe. Denn Künstler gelten durch Verbindung zur Welt der Fantasie, ihre Begabung die Welt mit anderen Augen zu sehen, auch als Außenseiter – und damit als ungeeigneter Kontakt für junge Frauen. Oda sieht jedoch, dass die Künstler auch oft Hunger leiden müssen. Sie gibt ihnen bezahlte Arbeit und beschenkt die »*Maler ... von denen sie Heiligenbilder malen ließ*«. Symbolisch bedeutet das eine Annerkennung der handwerklichen Malarbeit und Wertschätzung ihrer geistigen, künstlerischen Leistung.

Sucht man nach historischen Vorbildern, so finden sich die

Der Rittersaal der Marienburg. Die Dreiergruppe im Vordergrund ist in historischen Kostümen dargestellt. Die Perspektive des Rittersaals zeigt einen nicht ausgeführten Entwurf von C.W. Hase 1858.

Namen der ungleichen Schwestern, Wulfild und Oda im Umfeld der Marienburg. Den Vornamen »Wulfilde« gibt es bei dem Geschlecht der Billungern, zu deren Besitz damals die Poppenburg gehörte. Eine Wulfilde (†1126) heiratete einen Welfen, Heinrich den Schwarzen, Herzog von Bayern. Auch der Name Oda ist in diesem Umkreis historisch nachweisbar. Eine Oda von Hohenbüchen lebte um 1243-1270 und heiratete den letzten Grafen Wedekind von Poppenburg. Diese Oda war aber rein zeitlich gesehen keine Schwester von Wulfild.

Im Märchen ist der Vater der ungleichen Schwestern Burgherr auf der Poppenburg und *»ein Vetter des Bischofs von Hildesheim«*.[69] Der Vater stellt hier symbolisch auch die alte Autorität dar, die sich in Form von geistigen Inhalten, Lebensanschauungen und Verhaltensregeln der Gesellschaft äußert. Der Vater hat im Märchen eine starre Rolle. Von ihm wird sich die liebende Vatertochter Oda (eine Mutter wird im Märchen nicht erwähnt) mehr und mehr lösen und eigene Verantwortung übernehmen. Sie wird das Elternhaus verlassen (mit Hilfe und durch eine List des treu-

Ostansicht von Schloss Marienburg mit Blick auf das Leinetal. Aquarell von H. Kretschmer, vor 1864

en Zwerges Grimbart). Oda geht durch alle Unsicherheiten und entwickelt so viel Selbstbewusstsein, dass sie schließlich zur Frau gereift Ritter Conrad am Ende heiraten kann. Das Bekenntnis zum eigenen Lebensweg zeigt sich auch in Odas Mut, sich ohne Angst dem neuen Kunststil der Gotik zuzuwenden und diesen zu fördern.

Die Vaterfigur des bergmannschen Märchens ist insofern geschichtsnah erfunden, als es im Mittelalter immer sehr gute Beziehungen der Bischöfe zu den Grafen von Poppenburg gab. Dies war damals strategisch gesehenür Hildesheim eine absolute Notwendigkeit, denn diese Burg war eine der wichtigsten Kontrollstellen auf dem Weg zur Stadt. Die Herren auf der Poppenburg hatten den Auftrag, den Leineübergang zu bewachen. Eine feste Brücke wurde hier erstmalig am 13. Januar 1251 urkundlich erwähnt. Diese Brücke war Teil des bedeutenden Fernhandelsweges, des sog. »Hellwegs«, der vom Rheinland nach Mitteldeutschland führte. Die Grafen überwachten den Handel und kassierten reiche Zolleinnahmen, die zum Wohlstand der

Poppenburg beitrugen und erlaubten, die Burganlage immer weiter auszubauen. Nach dem Aussterben der Grafen von Poppenburg ging die Burg in den Besitz der Bischöfe über. Seit 1803 war sie Staatsdomäne und somit zur Zeit des Baus der Marienburg ein noch gut erhaltener Bau.

Die Haupthandlung des Märchens bestreitet das Liebespaar Oda und Conrad, die erst mit einigen Mühen zueinander finden. Die Märchenhelden müssen mehrfach Trennungen hinnehmen. Es folgt ein langer Entwicklungs- und Erlösungsprozess, der das Paar schlussendlich in seiner Liebe festigt. Reicher an Entwicklungsschritten und Lebenserfahrung finden sie dann als Mann und Frau zueinander und beginnen ein eigenes Leben.

Ritter Conrad von Winzenburg ist der Mann, der im Märchen alles ins Rollen bringt. Denn er weckt die Wollust und die Begehrlichkeiten der bösen Wulfhild, »*denn Ritter Conrad war ein schöner Mann und überall wohl gelitten, weil er sich auf Schwertschlag wie auf Minnesang verstand.*« Ritter Conrad liebt die jüngere Schwester, eine Liebe, die ihm selbst noch nicht ganz bewusst geworden ist. Erst durch das Feuer im Turm und Odas vermeintlichen Tod tritt diese Liebe ihm endlich klar vor Augen. Lange vorher hat die große Schwester, die eifersüchtige Wulfhild, die versteckte Liebe des Ritters zu ihrer Schwester beobachtet. Sie plant, die Schwester aus dem Weg zu räumen, da sie den schönen Ritter Conrad für sich beansprucht. Das Motiv der Gier ist in Märchen überall dort zu finden, wo sich ein Protagonist (hier Wulfhild) von der Fülle des Lebens abgeschnitten hat. Wulfhild selbst hat eine tiefe Sehnsucht nach Liebe und Fülle, kann diese aber nicht zulassen, da ihr starrer Charakter keine Entwicklung erlaubt.

Der Märchenheld Ritter Conrad von Winzenburg ist eine freie Erfindung des Erzählers, denn unter den Grafen von Winzenburg lässt sich kein Graf Conrad nachweisen. Allerdings findet sich in unmittelbarer Nähe, nämlich in Hildesheim unter den fürstbischöflichen Ministerialen, ein »*Konrad von Winzenburg*«, der im Jahr 1147 urkundlich erwähnt wird.[70]

Die einst bedeutende Winzenburg war um die Mitte des 19. Jahrhunderts nur noch eine Ruine. Erst mit der Erforschung der

Regionalgeschichte rückte die wichtige Stellung dieser Burg im Mittelalter wieder ins Bewusstsein. Das Geschlecht der Grafen von Winzenburg benannte sich im Mittelalter nach ihrer Burg, die südöstlich von Alfeld lag. Im Jahr 1109 erhielten sie die Burg erstmals als Lehen vom Bischof von Hildesheim. Mit der Ermordung Hermanns II. und seiner Frau im Jahr 1152 erlosch das Geschlecht der Grafen von Winzenburg und die herrenlose Burg fiel an den Bischof von Hildesheim zurück. Diese besonders gut ausgebaute Festung bildete im Mittelalter einen Dreh- und Angelpunkt innerhalb der Machtstrategien der Hildesheimer Bischöfe.[71] Die starken Mauern der Winzenburg wurden in der Hildesheimer Stiftsfehde (1523) belagert, konnten aber nicht gestürmt werden. Erst als der große Turm in Brand (auch im Märchen brennt ein Turm) geriet, ergab man sich schließlich. Die Burg wurde von den Belagerern komplett zerstört. Im Quedlinburger Rezess (1523) sprach man die Burgruine Heinrich dem Mittleren, Herzog von Braunschweig, zu. Er verwendete sie nur noch als Steinbruch, so auch für den Neubau eines neuen Amtshauses im Tal beim Dorf Hasekenhusen, dem heutigem Winzenburg.

Die Figur des Ritters Conrad von Winzenburg ist vielschichtig. Seine ritterlichen Tugenden werden durch die erste Begegnung mit der wahren Liebe zutiefst erschüttert. Er durchläuft im Märchen mehrere Rückschläge, verliert schnell die Hoffnung und lässt alle Zuversicht fahren. Er muss einen langen Weg gehen, bis er schließlich als Mann so gereift ist, um Oda aus den Tiefen des Berges befreien zu können.

Es sind schwere Prüfungen, die der junge Held dabei zu bestehen hat. Nachdem er glaubt, seine Geliebte sei unwiederbringlich tot, sinkt er überwältigt und *»ganz erschöpft in den Schlaf«*. Er findet die heilende Kraft des Schlafes. Sein noch kindliches Verhalten bringt ihn wieder in Verbindung mit der »Mutter« Natur und er kann seine erste Erschütterung bewältigen. Seine Sinne sind wieder offen und er hört die geheime Botschaft des Zwerges Grimbart: Oda ist am Leben und muss nur erlöst werden.

Ritter Conrad bekommt im Märchen mehrfach wundersame Hilfe. Doch noch kann er sie nicht recht annehmen, weil ihm die nötige Reife fehlt.

So eilt ihm sein treuer Hund Tiro immer wieder zu Hilfe. Ähnlich wie Oda, der als Assistenzfigur der treue Zwerg Grimbart zur Seite steht, will Tiro hier seinem Herrn Mut machen. Er steht hier symbolisch für den unbewussten, emotionalen Teil der Persönlichkeit des Ritters. Hier tritt dem Ritter die eigene innere Kraft in Tiergestalt entgegen – Treue, Loyalität und Zuversicht.

In Märchen wird Tieren oft die Gabe zugeschrieben, Zugang zu den für Menschen unsichtbaren Welten zu haben. So ist es Tiro auch möglich, mit anderen Tieren, Zwergen oder Feen zu kommunizieren. Auf diese Weise kennt der Hund Tiro den Weg zur Zwergenwelt und auch die Mittel, die versteinerten Zwerge zu befreien. Später wird es wieder Tiro sein, der seinen Herrn zu dem fröhlichen Musikanten führt, der schließlich die Zwerge durch sein Spiel erlösen wird. Dass Musik verzaubern oder zum Leben erwecken kann, kennen wir aus anderen Volksmärchen, wie dem »Rattenfänger von Hameln«.

Weitere Hilfe erhält Ritter Conrad durch den mächtigen Zauberhammer, kann ihn aber nicht festhalten. Ritter Conrads Kraft versagt auch in Liebesdingen, da er noch nicht die nötige Reife hat. Er setzt seine Kraft nicht besonnen ein, sondern sie unterliegt noch seinen Triebkräften. Als ihn nämlich die Macht der Liebe ergreift, verliert er auf ganz unritterlichere Weise die Kontrolle: In dem Moment, als er den Zauberhammer auf den Berg schmettert und der Berg sich öffnet, sieht er endlich »*die holdseelige Geliebte*« wieder. Dabei gehen ihm »*die Augen ... über vor Wonne und Verlangen; er schwankte und zitterte und aus seiner Rechten fiel der silberne Hammer in den offenen Abgrund des Berges und versank in der Tiefe.*« Erneut entsteht durch seine fehlende Stärke und den damit verbundenen Verlust des kostbaren Hammers ein neues Leid. Der liebeskranke Ritter verfällt wieder der Trauer und gibt auf.

Wieder taucht auf wundersame Weise Hilfe auf: Die drei Meister der Künste erscheinen. Sie stehen hier auch als Symbol der geistigen männlichen Kraft, die im Ritter langsam zu erwachen beginnt. Die Meister bieten ihm ihre Unterstützung an. Doch die innere Reife des Ritters erlaubt ihm noch nicht, aus eigener Geistsstärke zu handeln. Er vertraut nicht auf sich selbst. Stattdessen drückt er sich wieder vor der Eigenverantwortung, verfällt in kindliche Verhaltensmuster und klammert sich an alte väterliche Fremdstrukturen. Er wendet sich rückwärts der Stadt Hildesheim zu, *»um sich dort guten Rath in seiner Noth zu holen.«* Im Märchen gibt es immer wieder diese scheinbaren Rückschritte, die bewirken, dass der Jüngling zum Mann heranreifen kann. An dieser Stelle greift wieder die freundliche Intuition in Form seines Hundes Tiro ein. Er führt ihn bellend zum schlafenden Musiker, der ein Sinnbild der emotionalen Welt ist. Seine Musik verkörpert das langsam wachsende Gefühl der wahren Liebe, das nun die zitternde Verliebtheit ersetzt. Jetzt endlich ist es Ritter Conrad möglich, mit Hilfe dieses Musikers die Geliebte zu erlösen. So siegt schließlich die Minne der beiden Protagonisten über Bosheit, Lug und Trug.

Eine glückliche Hochzeit folgt, bei der die Braut so glücklich ist, dass ihr Anblick vor allem die anwesenden Künstler über alle Maßen verzaubert: *»denn die Schönheit ist die ewig leuchtende Sonne der Kunst und hält alle gefangen, die sich ihr mit vollem Herzen ergeben.«*

Ritter Conrad von Winzenburg und Jungfrau Oda von Poppenburg erfüllen nach der Hochzeit das Gelübde des Ritters: Zu Ehren und Gedenken an das Wunder des Heiligen Bernward wird eine Burg erbaut, die seiner in jeder Hinsicht würdig ist: eine Burg im gotischen Stil, die auch Ausdruck für die Wahrhaftigkeit ist, die gute Kunst stets durchdringen sollte. Die »Burg der Künste« wird mit der tatkräftigen Hilfe der drei geheimnisvollen Künstler, die dem Klang des Hammers des Heiligen Bernward folgen, erbaut.

Der Kreis der Entwicklung der Protagonisten des Märchens schließt sich nun. Conrad von Winzenburg muss im Märchen viel zu schnell seine geliebte Oda verlassen, da wichtigere Aufgaben seine Ritterpflicht fordern: *»ein Gebot des heiligen Vaters in Rom*

Ein Kreuzritter verabschiedet sich von seiner geliebten Frau. Entwurf für ein Glasfenster im Stil der Hannoverschen Reformgotik

(ruft ihn) mit vielen anderen Rittern und Fürsten zu einem Zuge ins Heilige Land.« Ritter Conrad geht hier auf seinem Lebensweg noch den bedeutenden Schritt weiter, in dem er seine persönlichen Bedürfnisse jetzt einem höheren Lebensziel unterordnet. Damit ist symbolisch gesehen sein Lebensweg erfüllt. So kann er dann auch im Morgenlande sterben: *»der tapfere Ritter Conrad von Winzenburg«* stirbt den Heldentod, *»als er beim Sturme auf die Veste Akkon die Fahne des Erlösers getragen.«*

Auch für dieses Schicksal des Ritters Conrad von Winzenburg existiert ein historisches Vorbild im Grafen Albert von Poppenburg. Im Kloster Amelungsborn findet sich in einem Nekrolog ein interessanter Eintrag. Er kündet vom Tod des Grafen Albert von Poppenburg im Jahr 1191 in Apulien und bittet die Mönche zum Gebet an seinem Todestag. Albert folgte dem Aufruf Kaiser Barbarossas am 27. März 1188 zum Kreuzzug. Zusammen mit vielen niedersächsischen Adeligen nahm er das Kreuz. Die Bedingungen der Teilnahme an diesem Kreuzzug waren vom Kaiser streng reglementiert, denn man wollte keine Massenwallfahrt wie in den vorangegangenen Kreuzzügen, sondern benötigte ein streitkräftiges Heer. Nur Ritter, die mindesten zwei Pferde stel-

Vor den Toren Jerusalems. Leonhard Gey malte die legendäre Wallfahrt Karls des Großen im Speisesaal der Marienburg 1869.

len und die ungewöhnlich hohe Barschaft von drei Mark Silber aufbringen konnten, durften sich den Kreuzfahrern anschließen. Diese Bedingung warf für die ritterlichen Kreise finanzielle Fragen auf. Um die Kosten zu bestreiten verschuldeten sich viele Adelige – hofften sie doch auf reiche Beute im Morgenland. Albert von Poppenburg trieb das Geld für die hohen Reisekosten durch die Rückgabe der Saline bei Hemmendorf an das Kloster Amelungsborn auf. Am 23. Mai 1188 schiffte er sich mit dem niedersächsischen Adel im Weserhafen Blexen ein. Von hier aus setzte man den Seeweg nach Brindisi und Tyrus fort. Am 21. Juli 1189 fand der Kampf um die Festung Akkon statt, die sich am 3. September den Kreuzrittern ergab. Graf Albert von Poppenburg starb auf dem Heimweg in Apulien. Wahrscheinlich wurde er ein Opfer der im Heer grassierenden verheerenden Seuchen.

»Das Märchen vom Marienberge« endet mit einem ähnlichen Schicksal Ritter Conrads, der im Kreuzzug fällt. Auch seine Frau Oda wendet sich, allerdings erst nach Conrads Tod, dem spirituellen Weg zu: Sie geht in das Kloster Wülfinghausen. Als sie bald darauf die irdische Welt verlässt, versinkt auch auf wundersame Weise ihre »Burg der Kunst« in den Tiefen des Schulenburger Berges. Hier schlummert sie und harrt ihrer Erlösung

St. Bernward: Der Heilige der Künste

Der Märchenschreiber Georg Bergmann lässt niemand geringeren als den Hl. Bernward auftreten. Er wird seinen Segen zum Bau der Marienburg geben. Bischof Bernward ist in der Zeit (*»um 1400«*), in der das Märchen spielt, zwar schon lange verstorben. Dafür hinterließ er der Nachwelt einen zauberkräftigen Hammer auf seinem Grab, in dem die Kraft des Heiligen weiterlebt. St. Bernwards wundersamer Silberhammer wird als eine Art Berührungsreliquie den Bau der Marienburg heiligen. Denn im Märchen fällt der Hammer in eine Felsspalte in die Tiefen des Marienberges. Er ruht im Berg, dem er so als Reliquie seinen steten Segen verleiht und ihn zu einem heiligen Ort macht. St. Bernward, der Heilige der Künste, wird zum Schutzpatron der Marienburg, »der Burg der wahren Kunst« erhoben.

Der Künstler Georg Bergmann spielt im Märchen auch auf die besondere Konstellation beim Bau von Schloss Marienburg an. Hier traf ein altbekannter Künstlerkreis wieder aufeinander. Gemeinsam hatte man Bauprojekte in Hildesheim, so die große Restaurierung von St. Michael und des Knochenhauer Amtshauses mit viel persönlichem Einsatz und Enthusiasmus bewältigt. Zum engeren Künstlerkreis gehörten neben Georg Bergmann vor allem Conrad Wilhelm Hase, Edwin Oppler und die Malerwerkstatt Jürgens. Und ohne Frage spielte eine symbolische Verehrung der Kunst des Heiligen Bernwards hier eine Rolle. Bis ins Detail hatte dieser Künstlerkreis die bernwardinische Architektur, Malerei, den Bronzeguss sowie die noch erhaltenen Holzkonstruktionen der Decken studiert, analysiert und nachgeschaffen. Von diesem Geiste beseelt schrieb dann Bergmann sein *»Das*

Märchen vom Marienberge« und gab dem Heiligen Bernward natürlicherweise eine würdige Rolle in seiner Erzählung.

Bischof Bernwards Regierungszeit (993-1022) machte die Stadt Hildesheim zu einem der wichtigsten Kunstzentren des damaligen Deutschland. Seine Kunst wurde um die Mitte des 19. Jahrhunderts mit der Restaurierung von St. Michael wieder entdeckt. Georg Bergmann war einer der besten Kenner der bernwardinischen Kunst, denn er restaurierte und rekonstruierte den Innenraum dieser Kirche. Darüber hinaus hatte er in seiner Kindheit nicht nur im Kloster gewohnt, sondern die Kirche St. Michael war sein Spielplatz. Der Kirchenbau war einige Jahre nach der Säkularisation der Irrenanstalt angegliedert, deren Leitung der Vater Georg Bergmanns innehatte. Der Kirchenraum selbst diente damals als Aufenthaltsraum für die Kranken. Hier waren Wippen und eine Kegelbahn zur Unterhaltung aufgebaut.

Der Heilige Bernward wurde vor allem in der Hildesheimer Region verehrt. Der Bischof ist ein eher ungewöhnlicher Heiliger, da er vor allem für seine Kunstfertigkeit und weniger für sein wohltätiges Leben gerühmt wurde. Es war das Wunder seiner kunstvollen Architektur der Michaelskirche, das den Ausschlag zur Heiligsprechung Bischof Bernwards geben sollte. Die »Vita Bernwardi« weiß immer wieder von seinem großen Interesse an der Kunst und vor allem von seiner *»bewundernswert kunstfertigen Hand*« zu berichten.[72] Bernward (um 960-20.11.1022) gehörte zu den herausragenden Köpfen seiner Epoche und führte ein überaus interessantes Leben. Er entstammte einem der großen sächsischen Adelshäuser und erhielt seine Ausbildung bei Thangmar, dem berühmten Lehrer der Domschule zu Hildesheim. Thangmar sollte ihn überleben und später eine Biographie, die »Vita Bernwardi«, schreiben. In Mainz wurde Bernward zum Priester geweiht und gewann an Einfluss, als er 987 zum Erzieher Ottos III. und zum Berater der Kaiserin Theophanu berufen wurde. Im Jahr 993 erhielt Bernward die Bischofswürde von Hildesheim und gründete hier Kloster und Kirche von St. Michael. Für diese Kirche enstanden die großen Bronzetüren (1015), außerdem ließ er in den neuen Werkstätten nach eigenen Entwürfen die Bronzeleuchter, zwei Kreuze und den großen Osterleuchter in Säulenform gießen. Unter seiner Ägide entwickelte sich Hildesheim zu einem der wichtigsten Zentren der Architektur, der Goldschmiedekunst und des Erzgusses.

Mit seiner Heiligsprechung im Jahre 1192 begann die kultische Verehrung.[73] Jetzt wurde der Bischof häufiger in Bildnissen in der Hildesheimer Region abgebildet. Dabei sind die Darstellungen immer ähnlich: Bernward wird als stehender Bischof im pontifikalen Gewand mit allen Insignien seines Amts gezeigt und als sein Attribut hält er das Bernwardkreuz in der Hand. Dieses Kreuz dient als Reliquienbehälter für die ihm von Kaiser Otto III. geschenkten Kreuzsplitter.[74] Das Kreuz in seiner Hand verweist auf ein Wunder, das sich der Legende nach bei der eigenhändigen Anfertigung des Kreuzes ereignete. Der Bischof mühte sich vergeblich um die Anordnung der vier Bergkristalle, da er nur drei Kreuzsplitter hatte. Da erschien ein Engel, der ein viertes Reliquienstück brachte. So finden sich viele Darstellungen des Heiligen Bernward wie auf einem Altarflügel um 1520 aus Nordstemmen, in denen er ein unfertiges, T-förmiges Kreuz hält. Tief versunken in andächtiger Innenschau wird der Bischof ein stummer Zeuge des Engels, der das obere fehlende Stück herbeibringt. Bemerkenswert an diesen Darstellungen ist, dass ein Teil eines Kunstwerkes »nicht von Menschenhand« gemacht wurde und dennoch der Arbeit des Bischofs gleicht. Damit wird das Kreuz nicht allein der Reliquien wegen verehrt, sondern auch als göttlich inspiriertes Kunstwerk gesehen. Aufschlussreich ist außerdem, dass dieses Attribut den Heiligen vor allem als Künstler ausweist.[75]

Die Verehrung des Heiligen Bernward blieb stark regional beschränkt, vielleicht weil sein intellektuelles Leben nur wenige Identifikationspunkte für die einfache Bevölkerung enthielt. Der Bernwardkult erfuhr nie die Popularität, der sich sein Nachfolger, der Heilige Godehard, erfreute.

Zum Motiv des Hammers: »Mit Sanct Bernwards Silberhammer ...«

Der zauberkräftige Hammer des Heiligen Bernward bildet das Schlüsselmotiv des Märchens. Der Wächter des Hammers, ein Priester des Michaelsklosters zögert lange, bevor er den Hammer dem ungeduldigen Ritter Conrad anvertrauen mag. Er erklärt dem Ritter, dass der Hammer *»ein großer und seltener Schatz«* sei. Dieser Hammer wurde »vor dreihundert Jahren« von den *»Steinmetzen der Michaels-Kirche auf dem Grabe des Hl. Bernward niedergelegt«*.[76] Eine solche Niederlegung ist als symbolischer Akt der nachträglichen Würdigung der Steinmetze an den großen Baumeister der Michaelskirche zu deuten. Zugleich wurden mit dem Hinlegen des Hammers auch die Beendigung der Arbeit und die Fertigstellung der Kirche angezeigt.

Dieser Teil des Kunstmärchens zeichnet ein typisches Bild für die zweite Hälfte des 19. Jahrhunderts, das mit großartigen Gesten Persönlichkeiten der Vergangenheit zu würdigen wusste. Denn die Epoche des Historismus verstand zu feiern. Es wurden ungewöhnlich viele Gedenktage mit eigenen Festaufzügen und Würdigungsakten, oft im Rahmen der vielen gegründeten Vereine, ins Leben gerufen. Man überschwemmte das ganze Land mit unzähligen Denkmälern. Von den Goethedenkmälern, Bismarksäulen über große Einzelanlagen wie das Hermannsdenkmal gipfelte diese Mode in Großanlagen wie der Walhalla bei Regensburg oder auch der Befreiungshalle in Kehlheim. Infolge dieser Zeiterscheinung wurden auch viele alte Grabstätten, die in den napoleonischen Kriegen zerstört oder einfach nur verwahrlost waren, aufwendig restauriert – so auch die Grablege des Heiligen Bernward in Hildesheim.

Georg Bergmann beschreibt im Märchen den Hammer als *»ein gar köstliches Kleinod von wundervoller Arbeit«*. Woher der Märchenverfasser die Idee hatte, St. Bernward mit einem wundertätigen Zauberhammer auszustatten, kann heute nur teilweise zurückverfolgt werden. Im Hildesheimer Umfeld des Bischofs ist von einem silbernen Hammer nichts Näheres überliefert. Es ist gut möglich, dass Bergmann die Idee zu dem »Zauberhammer«

von Darstellungen des Heiligen Bernward hatte: Seit seiner Kindheit war er mit den unterschiedlichen Bildern des Heiligen vertraut. Bei einigen Skulpturen des Bischofs, dem ein Engel das fehlende Kreuzstück bringt, war der Engel durch Bilderstürmer oder anderes verloren gegangen: so beispielsweise an einer verwitterten Sandsteinskulptur am Nordportal des Domes. Hier hält der Heilige ein T-förmiges Kreuz in der Hand, das durchaus einem wertvollen Hammer ähnlich sieht.[77]

Außerdem existieren Darstellungen des Heiligen Bernward mit einem Silberschmiedehammer in der Hand. Denn Bischof Bernward erfuhr in Hildesheim besondere Verehrung als Patron der Goldschmiede, in deren Wappen sich ein Bild des Bischofs findet. Der eigentliche Heilige dieser Gewerke, der Heilige Eligius, wird oft mit dem Attribut eines Hammers dargestellt. In Hildesheim kam es bei der Darstellung des Heiligen Bernward zu Überschneidungen mit den Attributen des Heiligen Eligius.[78]

Im Märchen werden dem Hammer des Heiligen Bernward besondere Kräfte zugeschrieben. Als Reliquie hat sich auf ihn der untrügbare Kunstverstand des Heiligen übertragen. Somit kann er gute Kunst von schlechter Pfuscherarbeit trennen. Der göttlich inspirierte Kunstsinn des verstorbenen Heiligen wird durch den wunderkräftigen Hammer am Bau der Burg wirksam.

Der Hammer hat aber noch mehrere Kräfte: Er kann mit einem Schlag den Berg der Zwerge öffnen. Häufig finden sich in Märchen ähnliche Handlungen, in denen Berge symbolisch auf ein Eingeschlossensein hinweisen. Eine Erlösung der Protagonisten kann nur durch äußere Krafteinwirkung bewerkstelligt werden. Ein ähnliches Motiv findet sich im Märchen »*Die Blume des Glücks*«. Hier helfen Zwerge mit kleinen Hämmern dem Märchenhelden, die gefangenen Jungfrauen aus einem Glasberg zu befreien.[79] Oft erscheint der Held im Märchen selber noch nicht stark genug zu sein, sodass er die Hilfe der Zwerge oder eines wundersamen Hammers benötigt.

Auch in dem zweiten Marienburg-Märchen: »*Die Zwerge im Berge der Marienburg*« findet sich ein ähnliches Motiv. Hier ist es Knecht Ruprecht, der mit »*einen Silbernen*« an den Stein schlägt.

Im Wörterbuch der Brüder Grimm heißt es »*Ein silbern Hammer bricht ein eisern Tor*«.[80]

Der Aufschlag des silbernen Zauberhammers erzeugt zudem einen magischen Klang, denn als Ritter Conrad den Hammer auf die Felsen des Berges schlägt, folgen die drei geheimnisvollen Künstler dem »*Schlag des Hammers*« auf wundersame Weise.

Der Schlag des Hammers ist Teil vieler symbolischer Rituale, so z.B. bei Grundsteinlegungen. Auch bei den Freimaurern spielen der Hammer und der »hammerführende Meister« bedeutsame Rollen. Im Handwerk ist der Hammer immer auch ein Mittel, um die makellose Qualität der Arbeit zu prüfen. Sind die geschmiedeten oder gegossenen Gegenstände tadellos, dann erzeugt der Schlag einen reinen Klang. Hat dagegen eine geprüfte Bronzeglocke Haarrisse oder Fehlstellen, so klingt der Schlag mit dem Hammer dumpf. Im Märchen sind die Kraft und der Klang des Zauberhammers gewaltig: »*Mit einem Male hörte man ein furchtbares Krachen, und der Widerhall ging wie ein gewaltiger Donner durch alle Klüfte des Berges, daß seine Bewohner voll dumpfen Schreckens übereinander stürzten. Die Felswand war geborsten unter dem Schlage des mächtigen laut tönenden Hammers.*«

Darüber hinaus ist der Hammer ein uraltes Symbol. Er ist das wichtigste Attribut des germanischen Gottes Thor (Donar), dessen Hammer »Mjöllnir« ein Werkzeug, nicht Waffe ist und auf die Verbundenheit mit den Menschen hinweist.[81] Kleine Halsanhänger aus Silber oder Eisen waren im nordeuropäischen Raum häufig getragene Amulette und Grabbeigaben. Teilweise wurden sie in den Zeiten der Christianisierung auch mit Kreuzen verziert. Möglicherweise hat der Märchenschreiber Amulette in Hammerform gesehen, da er viele Sammlungen von Altertümern seiner Zeit kannte.

Ein Begeisterung für das Mittelalter: »Die neue Weise von Erwin von Steinbach«

Im »*Das Märchen vom Marienberge*« betritt der berühmteste »deutsche« gotische Baumeister, Erwin von Steinbach, kurz die Bühne des Geschehens, zwar nicht persönlich, denn er muss den Straßburger Dom bauen, aber drei seiner Schüler übernehmen das Bauvorhaben. Sie beherrschen »Meister Erwins« einmaligen reinen gotischen Stil.

Ritter Conrad hatte am Grab des Heiligen Bernward gelobt, dort, wo der Hammer ihm Wunder wirke, *»als offenkundiges Zeichen Eurer Dankbarkeit eine schöne, stattliche Burg«* zu erbauen. Um der Burg zu Ehren des »Beschützers der echten Kunst« gerecht zu werden, schlägt der Mönch vor, dass *»jene Meister aus Straßburg Euch mit ihrer Kunst garwohl zu Diensten sein mögen.«*

Natürlicherweise dürfen nur die allerbesten Künstler bei der Erbauung des Märchenschlosses als Dank an den Heiligen der Künste beteiligt sein. Die Schüler Erwin von Steinbachs werden die Märchenburg in schönstem gotischem Stil erbauen. Die drei Meister stehen hier auch symbolisch für die klassische Trias der Künste: Architektur, Malerei und Bildhauerei. Zudem ist die Dreizahl im Märchen ein uraltes Motiv.

Die drei Meister werden im Märchen näher benannt als *»Meister Wilhelm von Einbeck, der von Erwin von Steinbach die neue herrliche Kunst des Bauens erlernte, Walther von Gronau, der Bildhauer, und Dietrich von Alfeld, der Maler, alle drei aus derselben Heimath und zusammen am schönen Rheinstrom genährt von edler deutscher Kunst«.*

Hinter diesen namentlich genannten Künstlern versteckten sich Kollegen Georg Bergmanns. So ist *»Meister Wilhelm von Einbeck«* Conrad Wilhelm Hase, der aus Einbeck stammte. Hase war der erste Architekt von Schloss Marienburg, der vor allem das Außenbild prägte. Hase war seinerzeit in Deutschland einer der besten Kenner der gotischen Baukunst und begründete eine eigene Richtung in der Architektur, die Hannoversche Architektenschule, die sich den gotischen Stil auf die Fahnen geschrieben hatte.

Auch die beiden anderen Künstlernamen weisen auf Kollegen hin, die Bergmann sehr wahrscheinlich aus der Zeit seiner Ausbildung an der Düsseldorfer Akademie kannte. Denn das Märchen beschreibt sie als aus derselben Heimat stammend und *»zusammen am schönen Rheinstrom genährt.«* Wer genau sich hinter den Namen *Walther von Gronau, der Bildhauer, und Dietrich von*

Alfeld, der Maler« verbirgt, ist nicht mehr nachzuvollziehen.

Erwin von Steinbach (†1318) wurde im 19. Jahrhundert als der große deutsche Baumeister der Kathedralkunst gefeiert. Die Epoche der Romantik umgab ihn mit dem Nimbus des gotischen Baumeisters.[82] Berühmt wurde Erwin von Steinbach durch den hymnischen Aufsatz von Johann Wolfgang Goethe »*Von deutscher Baukunst«* (1773).[83] Mit den Worten »*Was braucht's dir Denkmal! Du hast dir das herrlichste errichtet«*, führte der junge Goethe eine ganz neue Betrachtungsweise des gotischen Stils ein.

Das Wort »gotisch«, das bis zum Ende des 18. Jahrhunderts auch als Schimpfwort für die »barbarisch-deutsche« Kunst verwendet wurde, erfuhr durch diesen Text einen Bedeutungswandel. Anfangs beschreibt Goethe seine Erwartung, das Straßburger Münster als *»missgeformtes krausborstige Ungeheuer«* mit *»abenteuerlichen Schnörkeln«* vorzufinden. Unerwartet traf ihn die Schönheit des Münsters: *»Ein ganzer, großer Eindruck füllte meine Seele, den, weil er aus tausend harmonierenden Einzelheiten bestand, ich wohl schmecken und genießen, keineswegs aber erkennen und erklären konnte. Sie sagen, dass es also mit den Freuden des Himmels sei, und wie oft bin ich zurückgekehrt, diese himmlisch-irdische Freude zu genießen, den Riesengeist unsrer ältern Brüder in ihren Werken zu umfassen*!«[84]

Goethes Text war von außergewöhnlicher Wirkung auf die Neugotikbewegung des 19. Jahrhunderts. Lange Zeit glaubte man fest, der gotische Stil sei eine grandiose Errungenschaft der deutschen Architektur und Kunst. Es sollte Jahrzehnte dauern, bis die Erkenntnis, dass der gotische Kathedralstil in Frankreich entstanden war, in Deutschland Fuß fassen konnte. Zu stark war Goethes schriftliches Denkmal für den deutschen Baumeister Erwin von Steinbach.[85] Auch wenn es nicht nachgewiesen werden konnte, woher der Baumeister des Straßburger Münsters stammte, errichtete man in der Stadt Steinbach 1844 ein Denkmal zu Ehren »Meister Erwins«. Die Freimaurerloge in Steinbach brachte das Geld hierfür auf. In Freimaurerkreisen kommt Erwin von Steinbach besondere Verehrung zuteil. »Meister Erwin« gilt heute noch als Gründer der Laienverbrüderung der Bauhütte des Straßburger Münsters, der »Urhütte« der Freimaurer.[86]

Zwerge: Eine Metapher für Kunstschaffen auf Abwegen

Die Zwerge in »*Das Märchen vom Marienberge*« sind eine eigenwillige Erfindung des Malers Georg Bergmann. Das Zwergenvolk, das dort in den Tiefen des Marienberges haust, ist ein verzaubertes Volk. Sie sind eigentlich gar keine echten Zwerge, sondern verwünschte Menschen. Sie leben in unterirdischen Höhlen des Schulenburger Berges.

Herkömmlicherweise ist die Tiefe der inneren Bergwelt die Wohnstatt von Zwergen. Hier bewachen sie die kostbaren Schätze der Erde, so Gold, andere Metalle und wertvolle Edelsteine. Aus diesen Materialien fertigen sie kostbare Gegenstände. Zwerge gelten im allgemeinen als exzellente Handwerker, die übermenschlich kunstfertig Werke wie magische Waffen herstellen.

Im Märchen zeichnet Georg Bergmann ein ganz anderes Bild der Zwerge: Ursprünglich lebten sie als Zeitgenossen des Heiligen Bernward in Hildesheim. Damals arbeiteten sie als Baumeister, Künstler und Handwerker. Aber der Hochmut war in sie gefahren und sie sahen nicht, dass ihre Arbeit schlecht war und sie keinen Kunstverstand besaßen. Der Zwergenkönig berichtete der Jungfer Oda die alte unglückliche Geschichte: »*Wisset, daß wir Zwerge auch aus dem Menschengeschlechte entsprossen. Unsere Väter maßen sich an, mit kleinen Kräften Großes zu vollbringen*«. In ihrer blinden Überheblichkeit über ihr eigenes Kunstschaffen verspotteten sie die neue »*herrliche Kunst des heiligen Bernward*«. Augenblicklich wurden sie in Zwerge verwandelt und »*zur Strafe eitlen Übermuthes in dieses Berges Grunde verwiesen.*« Und nur eine fromme und edle Jungfrau könne sie erlösen.

Abweichend von dem volkstümlichen Zwergenbild werden die Zwerge in Bergmanns Erzählung zu einer Metapher: Der Zwerg steht hier für einen kleinen Menschen – klein im übertragenen Sinne von »Kleingeist«. Es ist der alte überholte Geist des engen, vormärzlichen Biedermeiers, der alles Neue schlichtweg ablehnt und dem es unmöglich ist, die neue Zeit mit ihrer neuen Kunst zu begrüßen.

Hier greift Bergmann auch auf ein altes Märchenmotiv zurück. Diese Zwerge sind »kleine Männer«, die sich weigern, durch einen schöpferischen Reifungsprozess zu gehen und sich zu »großen Männer« zu entwickeln.[87] Bergmann macht im Märchen dem Leser klar, dass es nicht allen Künstlern gegeben ist, sich weiter zu entwickeln. Es ist ein deutlicher Seitenhieb auf das Kunstschaffen seiner Zeit, dessen Eklektizismus sich immer wieder im Kopieren erschöpfte, ohne Neues zu schaffen.

In »*Das Märchen vom Marienberge*« haben die Zwerge ihr Wesen und Schicksal hingenommen. Es wird für diese Zwerge keine wirkliche Erlösung aus dem engen romantischen »Biedermeierbewusstsein« geben. Kurz vor der Erlösung der Zwerge trifft sie abermals der Fluch des Heiligen Bernward. Allein durch den Anblick des magischen Silberhammers, der »*Nichts Gemeines in seiner Nähe duldet*«, werden die kleinen Menschen mit einem Zauber belegt. Sie werden zu Stein. Das Märchensymbol der Versteinerung macht hier noch einmal deutlich, dass den Zwergen aus eigener Kraft eine Wandlung nicht möglich ist – sie erstarren stattdessen. Sie verharren in ihrer Weigerung, sich dem Wandel der Zeiten anzupassen.

Das Motiv der Erstarrung der Kunst zeigt auch eine Karikatur von 1895. Hier wird die offizielle Kunst als Zwerge in einer Höhle aus Eis dargestellt. Sie verharren in starren Hierarchien, Formen und Abhängigkeiten. Die Zwerge tragen antike Eisenrüstungen und altmodische schwere Fellmäntel. Die alten Rüstungen versinnbildlichen hier das Harte und Abstoßende – eine innere Panzerung gegenüber dem pulsierenden Leben. Erst als die wärmende Kraft der Sonne, Symbol der Rückkehr der Wahrheit (»*die Sonne bringt es an den Tag, was noch so tief verborgen lag*«), einsetzt, kann das Eis schmelzen, sodass die Natur zu neuem Leben erwacht. Mit dem Frühling hält die neue Kunst des Jugendstils endlich Einzug über die grünen Hügel, Symbol für die Kunstlandschaft.

Ein ähnliches Zwergenbild findet sich auf einer Postkarte aus Hannover aus der Zeit der Preußischen Provinzialregierung wieder. Hier sind es Zwerge, die hinter einer Mauer leben und die offensichtlich die neu anbrechende Zukunft nicht sehen wollen. Sie leben immer noch im Dunkeln eines Berges, die Mauer schützt

sie vor der Welt des modernen Fortschritts. Die Zwerge malen die ehemalige Stadtresidenz der Welfen, die damals schon zur Polytechnischen Hochschule in Hannover umfunktioniert war.[88] Auf ihrer Staffelei entsteht allerdings kein Abbild des Gebäudes, sondern ein Gemälde der königlichen Marienburg. Die Zwerge wollen und können die Realität nicht sehen. Blind für alles Neue malen sie das Bild einer längst vergangenen Traumwelt. Das Bild der Marienburg steht hier symbolisch für die vergangenen Zeiten. Denn inzwischen empfand man den gotischen Baustil des Schlosses als rückwärtsgewandt, unmodern und altmodisch. Schloss Marienburg versinnbildlicht hier auch den Wunsch einer Rückkehr des Königshauses Hannover. Diese Art von Propagandapostkarte sollte die Anhänger der Welfenpartei als »ewig Gestrige« anprangern, die sich dem fortschrittlichen Preußen und damit einer prosperierenden Zukunft entgegenstellten.

Die Karikaturen fordern neue Wege für die Kunst. Das erste Bild beschreibt im »Eisreich unterm Berge« das enge Regime der alten Kunst. Die Zwerge stehen hier symbolisch für den »Kleingeist«.

Im »*Das Märchen vom Marienberge*« wird deutlich gemacht, dass das Leben insbesondere vom Künstler Veränderung fordert. Eine Transformation zu mehr Wahrheit in der Kunst wird verlangt. Das ist die Botschaft des Künstlers Georg Bergmann. Er lässt über den Heiligen Bernward uns sagen: Wer sich mit den Künsten befasst, bleibt ein immer Lernender. Der Künstler muss sich vertrauensvoll und intuitiv mit der Wahrhaftigkeit verbünden können, nur dann kann er den Leitsatz »Wahrheit in der Kunst« verwirklichen. Im Märchen heißt es »*wer sich mit den Künsten befaßt und ein Pfuscher darin bleibt*«, ertrüge die Nähe des Heiligen Silberhammers nicht.

Die Versteinerung der Zwerge versinnbildlicht im Märchen eine weitere Krise, die »den kleinen Menschen« eine Entwicklung ermöglicht hätte. In ihrer Engstirnigkeit lassen sie diese wieder ungenutzt verstreichen. Selbst das große tragische Schicksal ihrer jahrhundertelangen Verzauberung und Verbannung in den Berg konnte sie nicht eines Besseren belehren. Ihnen ist eine Entwicklung schlicht nicht möglich.

Im Märchen werden die versteinerten Zwerge schließlich durch die Musik des Spielmanns erlöst. Er bringt Lebensfreude und Gefühl – beides hätte den Zwergen erlaubt, wieder zum Leben und Bewusstsein zu erwachen. Die Musik vermag aber nicht ihre Enge im Geist zu heilen. Die Berührung mit dem Sonnenlicht lässt die Zwerge wachsen und sie erlangen ihre alte Menschengröße wieder. Allerdings sind ihr Kunstverstand und ihr Können nicht mitgewachsen. Endlich vom Fluch befreit ziehen sie in die Welt hinaus – ohne aus dem Schicksal und dem Kontakt mit der Kraft des Heiligen Bernward gelernt zu haben: »*Was nachher aus den Zwergen geworden, weiß man nicht recht; sie sind im Sonnenlicht allgemach gewachsen, und ihre Nachkommen haben sich in alle Welt verbreitet als Pfuscher in jeder edlen Kunst; aber vollbringen können sie nichts Rechtes, und wenn sie auch von außen erscheinen wie andere Menschenkinder, so sind es inwendig doch Zwerge und werden es immer bleiben.*«

Im zweiten Bild bringt die Sonne schließlich das Eis zum Schmelzen und grüne, neue »Kunstlandschaften« tun sich auf.

Hier verrät der Erzähler zugleich die »sagenhafte« Ursache für den beklagenswerten Niedergang der Künste im 19. Jahrhundert. Es ist das unbelehrbare Volk der »kleinen Männer«, die schon vor Jahrhunderten nichts Besseres zu tun hatten, als die großartige bernwardinische Kunst zu belachen. Bergmanns Warnung für den Kunstbetrieb heißt: »Die Zwerge sind mitten unter uns!«

Hinter dieser Thematik des Märchens steckt aber noch viel mehr. Georg Bergmann rechnet hier mit den engstirnigen, uneinsichtigen Hildesheimer Bürgern ab. Ein Großteil der Bürgerschaft hatte kein Bewusstsein um die Kunstschätze der bernwardinischen Epoche. Ganz im Gegenteil: Man plante, St. Michael abzureißen, da man dieses alte Gemäuer als unordentlich und unschön im Stadtbild empfand. Jahrelang kämpften einige Bürger hart für den Erhalt von St. Michael. Heute zählt diese Kirche zu den bedeutendsten Denkmalen der ganzen Epoche. In zähem Ringen gelang es Georg Bergmann, gemeinsam mit Conrad Wilhelm Hase und Hermann Roemer den Bau schließlich zu retten. Mit viel persönlichem Engagement und meist ohne Bezahlung wurde St. Michael dann aufwendig restauriert. Schließlich überzeugte das herausragende Denkmal bernwardinischer Kunst auch die Hildesheimer Bürger soweit, dass man begann auch andere Denkmale der Epoche zu bewahren. Bergmann wusste, als er dies Märchen schrieb, wieviel Kraft und Überredungskunst es einen Künstler kosten kann, wenn man gegen künstlerischen Unverstand und mangelndes Geschichtsbewusstsein zu Felde ziehen muss. In seinem Märchen erhalten die von hochmütiger Dummheit geschlagenen Hildesheimer ihre gerechte Strafe: Der Heilige der wahren Kunst verwandelt sie so, dass ihr Äußeres ihrem inneren Wesen entspricht – aus den spießbürgerlichen Kleingeistern werden Zwerge. Bergmann hat uns in seinen Karikaturen des »Hildesheimer Freischießens« ein lebendiges Zeugnis der Bürger Hildesheims zu seinen Lebzeiten hinterlassen.[89] Sein Sittenbild skizziert die beschauliche bürgerliche Borniertheit der Hildesheimer während des Schützenfestes.

Das Ende des *»Märchens vom Marienberge«* ist zugleich ein Anfang. Denn hier kommt Königin Marie ins Spiel. Der alten Prophezeiung zufolge ist es nur einer Königin bestimmt, das verzauberte Schloss zu erlösen und wieder ans Tageslicht zu bringen. Königin Marie wird endlich den Zauberbann auflösen, indem sie ein neues »Schloss der wahren Kunst« auf dem Schulenburger Berg erbaut.

Königin Marie wird im *»Märchen vom Marienberge«* zu einer »Weisen Frau«. Denn nur *»eine Königin«*, die auch der Musik mächtig ist, habe hierzu die Kraft. Sie müsse so singen können, dass sie *»mit dem Thöne öffnenden Sinn«* das verwunschene Kunstschloss aufwecken könne. Die Königin wird eine »Weise Frau«, weil sie gelernt hat, ihre Emotionen zu beherrschen.

Der Musik kommt im Märchen wiederholt eine erlösende Rolle zu, so durch die Gestalt des Spielmanns und den Zauberklang des Silberhammers. Zugleich ist dies auch ein Hinweis auf die große Leidenschaft für Musik, die Königin Marie mit ihrem Mann König Georg V. teilte. Fast jeden Abend gab es am Hofe Konzerte. Auf Schloss Marienburg war im Stockwerk über der Turmbibliothek ein großer runder Musiksalon geplant, der aber leider nicht mehr fertiggestellt werden konnte.

Im Schlussgedicht des Märchens heißt es:

»Aus dem Tageslicht entschwunden
Ist die edle schöne Frau,
Und von Zaubermacht gebunden
Ruhet tief der stolze Bau.
Lange Nacht wird ihn bedecken,
Bis ihn eine Königin
Mit dem Thöne öffnenden Sinn
Wird aus tiefem Schlummer wecken,
Dann zum Lichte wiedersteigen
Aus des Berges dunkler Nacht,
Einer neuen Welt sich zeigen
In der alten Zeiten Pracht.«

Die Zwerge (Symbol für die Welfenanhänger) schauen über die Mauer aufs alte Welfenschloss, das neue Polytechnikum (Technische Hochschule). Sie verstecken sich vor der neuen Zeit, träumen von guten, alten Zeiten und malen die Marienburg. Der Hase neben der Staffelei ist eine Anspielung auf den Architekten der Marienburg C.W. Hase.

Die »zivile Würde der Stadt Hildesheim«, gezeichnet von Georg Bergmann. In seiner anekdotischen Schilderung eines Schützenfestes karikiert er in biedermeierlicher Gravität die Bürger, die Stadt und Staat repräsentieren und auch Männer der Kunst und Wissenschaft sind.

Die Märchensymbolik kennt wiederholt verzauberte Schlösser, so beispielsweise auch das schlafende Schloss im Märchen *Dornröschen*. Das Bild eines versunkenen Königsschlosses, das der Endeckung harrt, findet sich häufiger in Märchen und Sagen des 19. Jahrhunderts. Ein niedersächsisches Volksmärchen handelt von einer versunkenen Kirche.[90]

Bergmann verwendete außer den genannten Quellen auch Märchen und Balladen des Kyffhäuser-Sagenkreises. Ganz bewusst passte er so das Bildprogramm seines Märchens in den größeren Kontext der Schlossausstattung der Festsäle ein. Da drei der Räume bereits dem Themenkreis rund um die Wartburg gewidmet waren, passte diese Musikersage sich gut ein. Übernahmen beispielsweise aus einer Kyffhäuser-Ballade von Carl Maria von Weber werden deutlich. Im bergmannschen Märchen heißt es zum Schluss: »*Und aus des Berges Tiefen, wo der silberne Hammer verborgen im Grunde ruht, klang es wie Harfenton und Geisterstimme hervor.*« In der verwendeten Textvorlage Webers beschreibt dieser den Hirten, der Barbarossa sieht: »*Da rauschten süsse Töne, wie goldener Harfenklang, dass es dem zarten Knaben, bis in die Seele drang, erhob sich vom Throne, die schlummernde Gestalt, und öffnete die Augen, und frug im Geisterton: 'Umschwärmen noch die Raben, des Berges Felsenkorn?'*«[91]

Das Schlussmotiv des Marienburgmärchens mit dem Brückenschlag über die Jahrhunderte hätte ein großartiges Wandgemälde erlaubt: Ein Bild, das Schloss Marienburg als wieder aufgestiegenes Schloss präsentiert, zusammen mit Portraits der Bauherrin, ihrer Familie und den Künstlern.

»ASPERA AD ASTRA« – Durch Nacht zum Licht – der Wahlspruch in der Eingangshalle der Marienburg ist zugleich die Botschaft. Das Licht der wahren Liebe lässt das Schloss Marienburg zum »Tempel der wahren Kunst« aufsteigen.

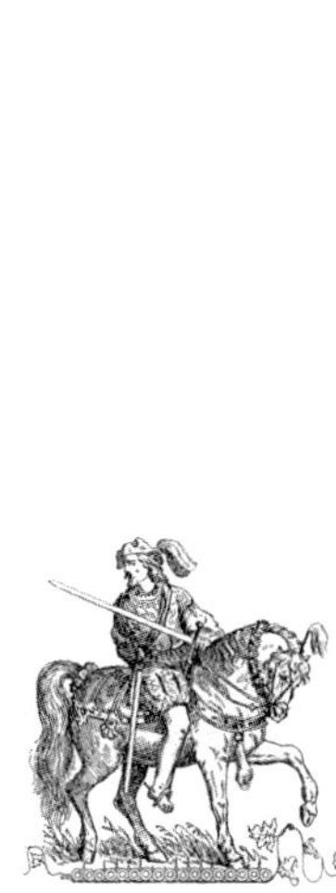

Das neue Märchen

Das Märchen vom Marienberge

(wörtliche Wiedergabe)

Im Gebiete der alten Bischofsstadt Hildesheim, wo der ewige Rosenstrauch blüht (1) und der heilige Bernward in der von ihm erbauten Michaelskirche ruht (2), lag vor Zeiten eine alte feste Burg am Leinefluß, die Poppenburg (3) genannt. Der Burgherr war ein Vetter des Bischofs von Hildesheim (4); er hatte keinen Sohn, aber zwei wunderschöne Töchter, mit denen er oft in seinem stattlichen Hause in der Stadt lebte. Wulffild (5), die ältere, schmückte sich dann gar herrlich und schaute vom hohen Altan (6) auf die Straße hinab, daß alle Leute ihre Schönheit bewunderten; ihre jüngere Schwester Oda (7) aber dachte nicht an sich selbst, sondern an die Armen und Kranken, denen sie reiche Spenden austheilte.

Es war eine Freude, die sanfte holdselige Jungfrau dabei anzusehen, so dachte auch ein junger Ritter, Conrad von Winzenburg (8), den sein Weg eines Tages dicht an ihrem Hause vorüberführte und der seine Augen gar nicht von ihrem Angesicht abwenden konnte.

Das bemerkte nun Wulffild von ihrem hohen Sitze und es verdroß sie gar sehr, denn Ritter Conrad war ein schöner Mann und überall wohl gelitten, weil er sich auf Schwertschlag wie auf Minnesang trotz einem verstand. Schon seit langem konnte sie die Schwester nicht leiden, die den Armen so reiche Almosen gab und daneben Maler beschenkte, von denen sie Heiligenbilder malen ließ, auch selber köstliche Teppiche in bunten Farben zu weben verstand, womit sie Altäre der Kirchen schmückte (9); aber seit

Ritter Conrad ihr sein Herz zugewandt, haßte Wullfild sie vollends aus dem Grunde ihrer Seele und dachte auf ihr Verderben. Denn ob sie auch dem Ritter zürnte, daß er ihrer Schönheit so wenig achtete, fühlte sie sich doch von immer heißerer Liebe zu ihm entbrennen und sann auf jedes Mittel, ihn für sich zu gewinnen. Nun lebte auf der Poppenburg eine alte Schaffnerin (10), das war ein böses Weib und in allerlei bösen Ränken wohl erfahren; die zog sie zu Rathe und fragte, was sie thun müsse, um Ritter Conrad ihrer Schwester abspenstig zu machen. Das arglistige Weib sprach: »Es führt eine hölzerne Stiege zum Kämmerlein eurer Schwester im alten Schloßthurme; wenn ihr die um Mitternacht anzündet, so brennt der Thurm aus und wenn wir einige Asche von der Verbrannten haben, so mischen wir sie in einen Liebestrunk, der auch des Ritters Herz gewinnen muß, davon kann ihn keine Macht des Himmels oder der Hölle bewahren.« Wulffild war dergestalt von Liebe und Haß geblendet, daß sie den schlimmen Ränken der Alten Gehör gab und in der nächsten Nacht die Gewaltthat auszuführen beschloß.

Nun befand sich aber schon seit Jahren auf der Poppenburg ein Zwerg, Grimbart (11) geheißen, den der Burgherr einst auf der Jagd im Walde halb erfroren aufgefunden und mit sich genommen hatte, zu allerlei Arbeit geschickt, der gerade in einer dunkeln Ecke des Gemaches beschäftigt war, wo Wulffild mit der alten Schaffnerin das Zwiegespräch führte. Der erschrak heftig ob der Gefahr, die seiner geliebten Herrin drohte, welcher er immer besonders zugethan gewesen, und kam abends, als die Nacht hereingebrochen heimlich zu Oda und sprach: »Edles Fräulein, eine arme Kranke begehrt in ihrer großen Noth eure Hülfe; es ist zwar schon finstere Nacht, aber ich kenne genau den Weg nach ihrem Hause und will euch führen.«

Da füllte die barmherzige Oda einen Korb mit Speise und Arznei und wanderte in aller Stille über den dunklen Burghof in die Nacht hinaus. Sie gingen wohl eine Stunde lang, da klopfte er an und es öffnete sich ein enges, niedriges Thor, durch welches Oda gebückt eintrat, aber nicht in eine Hütte, sondern die Höhlung eines Berges, wo ein Haufen von Zwergen mit Grubenlichtern sie empfing. Als sie nun ganz verwundert sich nach ihrem Führer umsah, da fiel ihr dieser zu Füßen und sprach: »Vergebt mir, edles Fräulein, daß ich euch getäuscht habe mit meiner Rede; aber ich mußte euch retten vor schlimmen Ränken, die euer theures Leben bedrohten. Eure böse Schwester Wulffild hat euren Tod beschloßen und da habe ich euch hierher gebracht, wo ihr vor aller Gefahr geborgen seid unter meinen Brüdern.« Und aus den Höhlen kamen zierliche Mädchengestalten hervor, faßten Oda bei den Händen und leiteten sie in eine Felsengrotte, wo sie ihr ein weiches Lager bereiteten, auf welchem sie sanft einschlief.

Zur selbigen Zeit aber, es war um die Mitternacht, brannte es im alten Eckthurme der Poppenburg (12), wo Odas Schlafkämmerlein hoch oben lag, da sie gerne am weiten Blick in die schöne Gegend sich erfreute; und bald züngelte die Flamme zum Thurmdach hinaus, immer höher und gewaltiger; da kam plötzlich ein Wirbelwind, der trieb sie über das Dach des Schlosses hin und nun währte es nicht lange, da prasselten die Flammen aus allen Ecken und die ganze Burg leuchtete in rother Gluth.

Dessen hatte die böse Wullfild sich nicht versehen; nachdem sie das Feuer an die Stiege gelegt, war sie schnell nach ihrem Bette geeilt, als ob sie hier in aller Ruhe schliefe. Zu spät trieb der Feuerlärm sie aus ihrer Kammer hinaus: Ein brennender Balken, der vom Dache herabstürzte, fiel auf sie nieder und erschlug sie, als sie eben vom Hause entfliehen wollte, zur Strafe ihrer Missethat.

Weit in die Gegend hinaus leuchtete der Brand der Poppenburg und von allen Seiten eilten die Leute herbei zur Hülfe, unter ihnen auch Ritter Conrad von Winzenburg in banger Sorge um seine geliebte Oda; voll Verzweiflung kam ihm der greise Burgherr entgegen; seine Tochter Wullfild lag erschlagen und Oda mußte in ihrem Kämmerlein im Thurme verbrannt sein. Als Ritter Conrad solche Trauerkund vernahm, weinte er, als werde ihm ein Dolch ins Herz gestoßen; er wandte sich um, ritt in den tiefen Wald, wo er ganz einsam war: da wollte er sterben, fern von allen Menschen. Lange schon hatte er da wie ein Todter gelegen mit geschlossenen Augen, da fühlte er sich plötzlich zu neuem Leben geweckt; Tiro, sein treuer Hund (13), war ihm nachgefolgt und leckte seine Hand. Er sprang freudig um ihn her, als brächte er fröhliche Botschaft und ruhte nicht, bis sein Herr vom Boden sich erhoben hatte. Da lief er vor ihm her, als wollte er ihn auf dem rechten Weg leiten, und Ritter Conrad folgte ihm mit erleichtertem Herzen, denn es dämmerte darin die stille Hoffnung auf, Oda könne noch am Leben sein.

So folgte er stundenlang seinem Tiro nach, bis dieser endlich still stand, es war bei den Zwergenlöchern am Schulenburger Berge (14). Aber er wußte nicht, was das zu bedeuten habe, und verfiel aufs neue in tiefe Traurigkeit. Ganz erschöpft sank er endlich in Schlaf und erwachte erst in dunkler

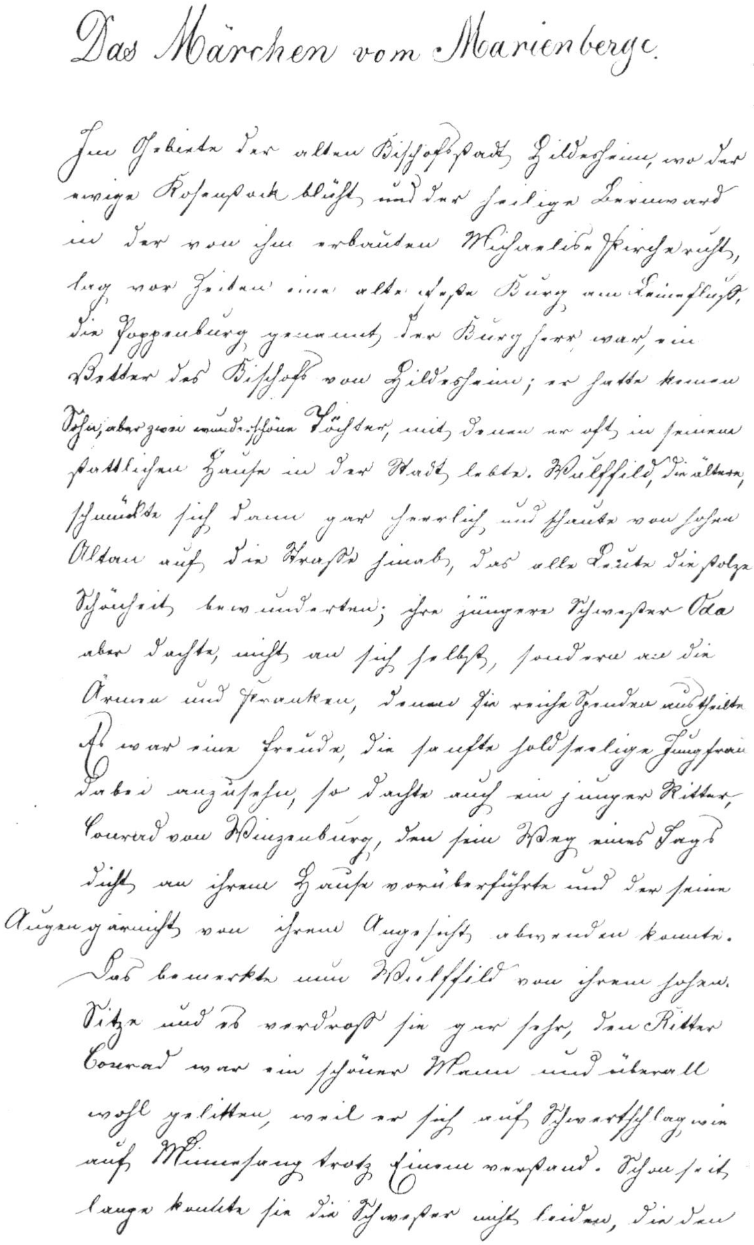

Das Märchen vom Marienberge.

Im Gebiete der alten Bischofsstadt Hildesheim, wo der ewige Rosenstock blüht, und der heilige Bernward in der von ihm erbauten Michaeliskirche ruht, lag vor Zeiten eine alte feste Burg am Leineflusse, die Poggenburg genannt, der Burgherr war ein Vetter des Bischofs von Hildesheim; er hatte keinen Sohn, aber zwei wunderschöne Töchter, mit denen er oft in seinem stattlichen Hause in der Stadt lebte. Wulfhild, die ältere, schmückte sich dann gar herrlich und schaute von hohem Altan auf die Straße hinab, daß alle Leute die stolze Schönheit bewunderten; ihre jüngere Schwester Oda aber dachte nicht an sich selbst, sondern an die Armen und Kranken, denen sie reiche Gaben austheilte. Es war eine Freude, die sanfte holdselige Jungfrau dabei anzusehen, so dachte auch ein junger Ritter, Conrad von Winzenburg, den sein Weg einst zur Jagd dicht an ihrem Hause vorüberführte und der seine Augen gar nicht von ihrem Angesicht abwenden konnte. Das bemerkte nun Wulfhild von ihrem hohen Sitze und es verdroß sie gar sehr, denn Ritter Conrad war ein schöner Mann und überall wohl gelitten, weil er sich auf Schwertschlag wie auf Minnesang trotz Einem verstand. Schon seit lange konnte sie die Schwester nicht leiden, die den

Die erste Seite vom Originaltext »Das Märchen vom Marienberge«

Nacht, da sprach eine Stimme neben ihm ganz leise:

»Ritter, laß die finstren Sorgen,
Euer Liebs', es ist geborgen
In der stillen Felsenkammer.
Alles Gute dürft ihr hoffen,
Denn es steht der Weg euch offen
Mit Sanct Bernwards Silberhammer (15)«

Es war aber kein anderer als der Zwerg Grimbart, der also zu ihm sprach. Denn als Oda in der Felsengrotte aus ihrem Schlummer erwacht war, sah sie den König der Zwerge vor sich stehen. Der sprach mit bittender Gebärde zu ihr: »Holdselige Jungfrau, ich heiße euch willkommen in meinem Reiche, da ihr gar schön und gut seid. Wisset, daß wir Zwerge auch aus dem Menschengeschlechte entsprossen, aber zur Strafe eitlen Übermuthes in dieses Berges Grund verwiesen sind.

Unsere Väter maßten sich an, mit kleinen Kräften Großes zu vollbringen und der herrlichen Kunst des heiligen Bernward zu spotten; darum sind wir in diese Tiefe gebannt, bis eine fromme, edle Jungfrau uns erlösen werde; so liegt denn unser Geschick in Euerer Hand, und ich flehe Euch an, gelobet und versprecht mir, daß ihr aus diesem Berge nimmer weichen wollet, ohne uns mit Euch zu nehmen.« Die Worte des Zwergenkönigs und sein bittender Blick rührten die gute Oda zu freundlichem Mitleid und sie gelobte ihm gerne, was er von ihr begehrte. Als sie nun aber gedachte, wie sie tief im Schoße des Berges, vielleicht für immer von dem theuren Ritter Conrad geschieden sei, weinte sie im Stillen bitterlich: da rührten ihre Tränen das Gemüth des guten Grimbart, und der versprach seiner geliebten Herrin dem Ritter Kunde von ihr zu geben. Er wußte aber, daß der Berg sich keinem unter den Menschen aufthun würde, der nicht den silbernen Hammer führte, welchen vor dreihundert Jahren die Steinmetzen der Michaels-Kirche auf dem Grabe des Hl. Bernwards niedergelegt hatten (16). Das war ein großes Geheimnis, das keiner der Zwerge bei Judasstrafe den Menschen verrathen durfte, denn sie hatten große Furcht vor dem silbernen Hammer, aber den Thränen der schönen Oda konnte Grimbarts gutes Herz nicht widerstehen, und als er durch die engen Höhlen der Zwergenlöcher in den Wald hinaus kroch und hier ganz unvermuthet den Ritter schlafend fand, da rüttelte er ihn leise wach und raunte ihm sein Geheimnis in die Ohren.

Dies fuhr dem Ritter Conrad wie ein Feuer durch alle Glieder, voll frischen fröhlichen Muthes sprang er auf sein Roß und trabte, des guten Spruches eingedenk, eilends nach der Stadt und nach dem Grabe des Heiligen, während Tiro lustig um ihn herum sprang, als freue er sich über das Beginnen seines Herrn.

Der aber trat in die Kirche, beichtete seine Liebe zu Oda und sein Vorhaben, sie zu erlösen, und flehte den Geistlichen (17) an um Sanct Bernwards silbernen Hammer zur Befreiung der Geliebten, indem er der Kirche ein reiches Dankopfer gelobte.

Lange zögerte der Beichtiger, seinen Wunsch zu erfüllen; endlich sprach er zu ihm: »Dieser Hammer ist ein gar köstliches Kleinod von wundervoller Arbeit und von wunderbaren Kräften. Unser hochwürdiger Bischof hat drei kunsterfahrene Meister von Straßburg am Rhein berufen, Baumeister, Maler und Bildhauer, daß sie unserer Stadt eine neue Kirche bauen mögen nach der neuen Weise von Erwin von Steinbach: die haben den Hammer mit Staunen betrachtet und meinen, es sei ein großer und seltener Schatz. So viel ist gewiß, daß nur eine edle Hand ihn heben und regieren kann, und daß er nichts Gemeines in seiner Nähe duldet. Wer sich mit den Künsten befaßt und ein Pfuscher darin bleibt, der erschrickt bei seinem Anblick und sucht ihm eilens zu entfliehen. So ist er uns ein Hüter der echten Kunst und ein köstliches Andenken an den großen Beschützer derselben, den Heiligen Bernward. Wenn ich ihn nun voll Vertrauen in Eure Hände gebe, so müßt ihr mir geloben, daß ihr da, wo sein Zauber Euch Hülfe gewährt, dem Heiligen zu Ehren, und als offenkundiges Zeichen Eurer Dankbarkeit eine schöne, staatliche Burg erbauen wollt, wobei jene Meister aus Straßburg Euch mit ihrer Kunst garwohl zu Diensten sein mögen.«

Ritter Conrad war hoch erfreut; er versprach Alles bei seiner Ritterehre, und Grimbart, der ihm nachgeschlichen war und an der Pforte der Sakristei horchte, eilte voller Freuden davon, um seiner holden Herrin tröstende Nachricht zu bringen, daß ihr Geliebter mit dem Wunderhammer den Berg aufschließen und sie aus seiner Höhle befreien werde.

Als er ihr nun athemlos berichtete, was er gethan und was er vernommen, da hörte ein anderer hämischer Gesell in der Nähe seine Worte und ging eilends zum Könige, ihm alles zu berichten und jenen als Verräther anzuklagen. Nun wurde über den armen Grimbart Gericht gehalten, und weil er das hochwichtige Geheimnis vom silbernen Hammer verrathen, ver-

urtheilten ihn seine Richter zum Tode. Schon wurde ihm das Todesurtheil vorgelesen, da mit einem Male hörte man ein furchtbares Krachen, und der Widerhall ging wie ein gewaltiger Donner durch alle Klüfte des Berges, daß seine Bewohner voll dumpfen Schreckens übereinander stürzten. Die Felswand war geborsten unter dem Schlage des mächtigen laut tönenden Hammers und Ritter Conrad stand davor und schaute forschend in die dunkle Tiefe. Da sah er Oda, die holdselige Geliebte und die Augen gingen ihm über vor Wonne und Verlangen; er schwankte und zitterte und aus seiner Rechten fiel der silberne Hammer in den offenen Abgrund des Berges und versank in der Tiefe. Im selben Augenblicke standen und lagen alle Zwerge zu Stein erstarrt und Oda rief zu dem Geliebten empor: »Oh werther Ritter, ihr meintet mich mit dem Zauberhammer zu erlösen, aber sein Anblick hat das Volk der Zwerge zu Stein verwandelt und mich bindet mein Gelübde, nicht ohne sie aus diesem Berge zu weichen. So suchet denn noch Hülfe, welche die versteinerten zu neuem Leben weckt: denn ehe ich nicht mein gegebenes Wort zu lösen vermag, darf ich Eurer Stimme nicht folgen, wie wehe es auch meinem Herzen thut.«

Ritter Conrad hörte diese Worte der Geliebten mit gar tiefer Betrübnis und mühete sich, ihren Sinn zu wenden, als sie aber fest auf ihrem Gelöbnis bestand und ihn antrieb, sich nach Hülfe umzusehen bei dem guten Beichtiger, da wandte er sich endlich mit trauerndem Herzen und wanderte träumend den Wiesenpfad nach der Stadt zu. Und siehe, da kamen ihm plötzlich die drei Meister entgegen, von denen der Geistliche zu ihm gesprochen: Meister Wilhelm von Einbeck, der von Erwin von Steinbach die neue herrliche Kunst des Bauens erlernte, Walther von Gronau, der Bildhauer und Dietrich von Alfeld, der Maler, alle drei aus derselben Heimath (19) und zusammen am schönen Rheinstrom genährt von edler deutscher Kunst. Und Wilhelm von Einbeck (20) nahm das Wort und sprach: »Wir hörten den Schlag des silbernen Hammers von fern und kamen eilends herbei, um euch zu Diensten zu sein, denn wir wissen, daß ihr gelobt habt, eine stattliche Burg zu erbauen und daß ihr ein Freund der ächten Kunst seid: Da mag unsere Beihülfe auch hoffentlich gelegen kommen.«

Der Ritter war gar hoch erfreuet über solches Erbieten, doch als er der Versteinerung der Zwerge gedachte, da sankt ihm der Muth und er ward von neuem herzlich betrübt.

Schon wollte er seinen Weg zur Stadt fortsetzten, um sich dort guten Rath in seiner Noth zu holen, da stand Tiro, sein getreuer Hund, der vor ihm hersprang, plötzlich still und bellte laut: es lag ein Mann in festem Schlaf unter einem Baum und neben ihm eine Fiedel und eine leere Flasche. Das war der Fiedler Thomas Meyer von Elze (21), gar berühmt weit und breit ob seiner seltenen Kunst und auch im Trinken gar wohl erfahren, weshalb er bei Rittern und Pfaffen hoch in Ehren stand. Beim Bellen des Hundes richtete er sich empor und als er den Ritter Conrad so nachdenklich und traurig sah, stimmte er seine Fiedel zu einer heiteren Weise an; da wurde es jenem mit einem mal leichter ums Herz. Thomas aber sprach zu ihm: »Ritter, lasset euren Kummer fahren und habt Vertrauen zu mir; vielleicht bin ich der Mann, der euch helfen kann. So saget mir denn offen, was euer Herz betrübt.«

Dabei stimmte er seine Fiedel zu so sanften rührenden Tönen, daß der Ritter Conrad nicht wußte, wie ihm geschah. Er schüttete dem wunderbaren Spielmann sein ganzes Herz aus und erzählte ihm von der Verzauberung der Zwerge durch den silbernen Hammer: »O«, versetzte der Spielmann, »da lasset mich nur machen; wenn ich meine Fiedel klingen lasse, da werden die kleinen Burschen im Berge sich schon rühren.« Und als er nun mit gar lustigen Weisen vorausschritt, daß es weithin durch Wald und Wiesen hallte, da folgte der Ritter mit den drei anderen wohlgemuth hinterdrein. So kamen sie bis an die Öffnung des Berges und schauten neugierig in den finsteren Abgrund. Die erstarrten Zwerge aber, als die Klänge der Fiedel an ihr Ohr drangen, thaten die Augen auf, rollten Arm und Bein und wurden immer lebendiger, je lustiger Thomas aufspielte. Und die schöne Oda erhob sich von ihrem Lager und ging hocherfreut aus dem weit geöffneten Thore des Berges hervor: hinter ihr der Zwergenkönig mit seinem Volke, Männlein und Weiblein, alt und jung. Alle freuten sich, an das Tageslicht zu kommen und zogen lustig mit Sack und Pack aus ihrer Gefangenschaft. Ritter Conrad aber drückte seine geliebte Oda voll Wonne ans Herz, daß alle jubelten, die es sahen. Rasch nach allen Seiten verbreitete sich die wunderbare Mähr, und als der Zug am Fuße des Berges angelangt war, da kam Odas Vater ihm entgegen und hieß die todtgeglaubte Tochter mit Freudentränen willkommen, indem er segnend ihre Hand in die des Ritters legte.

Auf dem Flusse aber stand ein schön geschmückter Nachen bereit, das holde Paar nach der Winzenburg zu führen; Und die Nixen des Flusses (22), die hier wohnten, wo er im goldenen Winkel (23) durch die reiche, fruchtbare Ebene zieht, begrüßten den Ritter und seine schöne Braut mit goldenen Ähren des Feldes, während die Begleiter mit hellem Klange den gefüllten Pokal erhoben zum Preise des Rittermuthes und der Schönheit.

Als am folgenden Tage die holdselige Braut vor den Traualtar trat, da reichte sie mit süßen Worten des Dankes dem freundlichen hülfreichen Spielmann einen Kranz und gönnte dem getreuen Grimbart vor anderen die Ehre, ihre Schleppe zu tragen. Beim Mahle aber erhob sich Thomas und spielte auf so wunderbar köstliche Weise, daß der holden jungen Frau die Augen vor Wonne leuchteten und die drei Meister ihr gegenüber nicht satt wurden, sie anzuschauen; denn die Schönheit ist die ewig leuchtende Sonne der Kunst und hält alle gefangen, die sich ihr mit vollem Herzen ergeben.

Den Zwergenkönig aber mit seinem Volke ließ Ritter Conrad indessen auf Odas Bitten draußen auf den Wiesen reichlich bewirthen. Was nachher aus den Zwergen geworden, weiß man nicht recht; sie sind im Sonnenlicht allgemach gewachsen und ihre Nachkommen haben sich in alle Welt verbreitet als Pfuscher in jeder edlen Kunst; aber vollbringen können sie nichts Rechtes, und wenn sie auch von außen erscheinen wie andere Menschenkinder, so sind es inwendig doch Zwerge und werden es immer bleiben.

Grimbart allein von jenen blieb zurück bei seiner vielgeliebten Herrin, die ihn nicht missen mochte und wartete hinfort treulich ihres Dienstes, wie er immer gethan. Nach der Hochzeit aber gedachte das glückliche Paar des Versprechens, auf der Höhe des Marienberges eine stattliche Burg zu bauen, und die drei Meister halfen mit allem Eifer dazu. Darüber verging nun manches Jahr, denn es sollte ein prächtiger Bau werden, wie man weithin keinen kannte. Ritter Conrad sah dem Werke mit stiller Freude zu und gedachte schon, es bald vollendet zu sehen: Da rief ihn plötzlich ein Gebot des Heiligen Vaters in Rom mit vielen anderen Rittern und Fürsten zu einem Zuge ins Heilige Land.

Er schied mit schwerem Leid von seiner heiß geliebten Oda, die ihn nur mit bitteren Zähren und schlimmer Ahnung aus ihren Armen ließ. Ihr Herz hatte sie leider nicht betrogen: Nach mondelangem Harren kam die Trauerkunde, daß viele Tausende des Kreuzheeres im heißen Kampfe gegen die Ungläubigen zu Grunde gegangen, unter ihnen auch der tapfere Ritter Conrad von Winzenburg, als er beim Sturme auf die Veste Akkon (24) die Fahne des Erlösers getragen.

Diese Kunde, die eben vom Morgenlande kam, als die neue Burg fertig stand und ein Kreuz mit bunten Bändern die höchste Thurmspitze schmückte, brach der trauernden Oda das Herz. Sie erstarrte in ihrem Schmerze, schaute noch einmal mit heißen Tränen auf den schönen Bau und wandte dann ihre Augen auf immer von ihm, um im nahen Kloster Wülfinghausen (25) ihr einsames Leben zu beschließen; in einigen Monden trug man die fromme treugebliebene Frau zur Stätte der ewigen Ruh; und als die Glocken erklangen zu ihrem Begräbnis, da sah man auf des Berges Höhen die stattliche Burg tiefer und tiefer versinken, bis das Gestein sich über ihr zusammenschloß. Und aus des Berges Tiefen, wo der silberne Hammer verborgen im Grunde ruhte, klang es wie Harfenton und Geisterstimme hervor:

»Aus dem Tageslicht entschwunden
Ist die edle schöne Frau,
Und von Zaubermacht gebunden
Ruhet tief der stolze Bau.
Lange Nacht wird ihn bedecken,
Bis ihn eine Königin
Mit dem Thöne öffnenden Sinn
Wird aus tiefem Schlummer wecken,
Dann zum Lichte wiedersteigen
Aus des Berges dunkler Nacht,
Einer neuen Welt sich zeigen
In der alten Zeiten Pracht.«

* * *

Anmerkungen zu »Das neue Märchen«

(1) ... *wo der ewige Rosenstrauch blüht,*
Im Hof des Kreuzganges des Hildesheimer Domes wächst an der Apsis des Chores ein großer Rosenstock bis unters Dach. Die Rose ist ein Symbol der Jungfrau Maria, der Schutzheiligen des Mariendomes. Dieser Rosenstock wurde zum Wahrzeichen der Stadt. Es geht die Legende, solange die Rose gut wächst und blüht, sei das Wohl der Stadt gegeben. Die Romantiker des 19. Jahrhunderts bezeichneten ihn auch als »ewigen Rosenstrauch«. Als im Zweiten Weltkrieg Bomben den Dom und auch den Rosenstrauch zustörten, galt es als ein Wunder, dass der Rosenstock aus den Trümmern wieder ausschlug. Die Rose gehört zur Familie der robusten Wildrosen (Rosa canina). Ihr ungewöhnlich hohes Alter liegt in der Eigenart des Wurzelstocks, der sich immer wieder neu verjüngen kann. Der Rosenstock wird heute als Naturdenkmal besonders geschützt. Vgl.: Hermann Roemer: Der tausendjährige Rosenstock am Dome zu Hildesheim, in seiner botanische Bedeutung und in seiner Beziehung zur Sage, Hildesheim 1892. Hermann Seeland: Der Tausendjährige Rosenstock am Dom zu Hildesheim, Hildesheim 1947. Hans-Friedrich Werkmeister: Umgang mit dem 1000-jährigen Rosenstock zu Hildesheim, Hildesheim 1995. Alfons Berning: Der Hildesheimer Rosenstock am Mariendom, Hildesheim 2002.

(2) ... *und der Heilige Bernward in der von ihm erbauten Michaelskirche ruht,*
Das Grab des Heiligen Bernward (um 960-20.11.1022) befindet sich in der Bernwardgruft, der Krypta unter dem Westteil der Kirche; vgl. »Die Kunstdenkmale der Stadt Hildesheim, Kirchliche Bauten«, bearb. von Adolf Zeller, Neudr. – Osnabrück 1979, S. 204-209. Siehe auch: Hans Jakob Schnuffels: Bernward als Bischof von Hildesheim. Eine biographische Skizze. In: Katalog Bernward von Hildesheim 1993, Bd. 1, S. 29-34.

(3) ... *lag vor Zeiten eine alte feste Burg am Leinefluß, die Poppenburg genannt,*
Die Poppenburg hatte im Mittelalter eine zentrale strategische Stellung, denn von hier aus kontrollierte man die Leinebrücke, nahm Zölle ein und schützte zugleich den Weg zur Stadt Hildesheim. Eine Brücke wurde hier erstmalig am 13. Januar 1251 urkundlich erwähnt. Dieser Leineübergang war Teil des alten Hellweges, eines Fernhandelsweges, der vom Rheinland nach Mitteldeutschland führte. Die Burg liegt an einem Hang oberhalb der Leine im heutigen Ort Burgstemmen. Ursprünglich war die Burg im Besitz der Billunger. Der Sachsenherzog Bernhard II., ein Billunger, überließ sein Landgut Poppenburg dem Kaiser Heinrich III. (†1056), der es 1049 dem Bischof Azelin von Hildesheim schenkte. (Urkundenbuch des Hochstifts Hildesheim 1965, S. 82-84, Nr. 82f). Aufgrund seiner strategischen Bedeutung versuchten die Hildesheimer Bischöfe, dieses Lehen zu kontrollieren und immer wieder an sich zu ziehen. Allmählich entwickelte sich die Poppenburg zum Mittelpunkt eines fürstbischöflichen hildesheimischen Amtes. Die Burg wurde im Laufe der Jahrhunderte mehrfach ausgebaut, so auch im 13. Jahrhunderts, als die Burg nach dem Aussterben der Grafen von Poppenburg wieder an den Bischof von Hildesheim fiel, der die Burg als Befestigungsanlage umbaute. Aus dieser Zeit stammt der heute noch erhaltene mächtige wohnturmartige Pallas. Nach der Hildesheimer Stiftsfehde (1519-1523) kam die Poppenburg unter welfische Hoheit, 1629 dann wieder unter hildesheimische Herrschaft. Im 17. Jahrhundert nutzten die Bischöfe die Burg als Sommersitz. Im Jahr 1803 wurde die Poppenburg Staatsdomäne. Vgl. Margret Zimmermann, Hans Kensche: Burgen und Schlösser im Hildesheimer Land, 1. Aufl. Hildesheim 1998, S. 96 und 127. Führer zu vor- und frühgeschichtlichen Denkmälern Band 49, Teil 2, Mainz 1981, Hannover u.a. S. 283.

(4) *»Der Burgherr war ein Vetter des Bischofs von Hildesheim«*
Ein Graf von Poppenburg, der ein Cousin des Fürstbischofs zu Hildesheim war, ist historisch nicht nachweisbar. Allerdings gab es

einige andere Verwandtschaftsgrade, sodass Georg Bergmann sich wieder gut informiert zeigte. Beringar, der erstgenannte Graf von Poppenburg, war ein Schwager des Hildesheimer Bischofs Herman (1161-1170). Einer seiner Brüder, Johann, lebte als Domherr in Hildesheim (1175-1195). Die Beziehungen der Grafen von Poppenburg zum Hildesheimer Bischof ergaben sich aus dem besonderen Lehen der den Leineübergang beherrschenden Poppenburg – eine Machtposition, die unbedingte Loyalität gegenüber den Lehnsherrn erforderte. Die um 1068 erstmals bezeugten Grafen Diedrich und Konrad (Vater und Sohn) waren die Vorfahren der um 1100 auf der Poppenburg sitzenden Grafen. Das Grafengeschlecht »von Poppenburg« benannte sich nach seiner Burg. Die ältere Linie nannte sich um 1217 nach ihrer neuen Burg bei Coppenbrügge Grafen von Spiegelberg. Sie erlosch um 1556 im Mannesstamm. Die jüngere Linie der Grafen von Poppenburg auf der Poppenburg starb um 1075 mit Wedekind Graf Poppenburg aus. Zu den Grafen von Poppenburg: Die Grafen von Poppenburg-Spiegelberg. Ihr Archiv, ihre Genealogie und ihre Siegel. In: Niedersächsisches Jahrbuch für Landesgeschichte, Bd. 18, Hildesheim 1941, S. 117-153. vgl. Jürgen Huck: Die Bock von Wülfingen, 1. Teil, Quellen und Darstellung zur Geschichte Niedersachsens, Bd. 22, Hannover 2000: Die Grafen von Poppenburg und die von Wülfingen. S. 7-14.

(5) ... *Wulffild, die ältere, schmückte sich dann gar herrlich* ...
Der Vorname Wulfhild findet sich bei den Billungern. Die Billunger waren im Besitz der Poppenburg, bis Bernhard II., ein Billunger, sein Landgut Poppenburg Kaiser Heinrich überließ. Wulfhilde war verheiratet mit Heinrich dem Schwarzen, Herzog von Bayern (†1126), einem Welfen. Sie war die ältere Tochter des Sachsenherzogs Magnus (†1106) und starb 1126. Vgl. Urkundenbuch des Hochstifts Hildesheim 1965.

(6) ... *schaute vom hohen Altan auf die Straßen hinab* ...
Ein Altan (von lateinisch: altus = hoch) ist ein hoch gelegener freier Austritt, der im Gegensatz zum Balkon auf Mauerwänden

oder bis zum Erdboden reichenden Stützen ruht und kein Dach hat. Er kann auch Söller genannt werden.

(7) *»... aber Oda dachte nicht an sich selbst«*
Tatsächlich ist eine Oda von Poppenburg historisch zu belegen. Sie war eine geborene von Hohenbüchen und ist von 1243-1276 nachweisbar. Sie kann zeitlich gesehen keine Schwester von Wulfhilde gewesen sein. Oda heiratete 1243 Graf Wedekind (Widukind) von Poppenburg. Zu Wedekind sind einige Urkunden und Wappen erhalten. Wedekind, ein Sohn Friedrichs von Poppenburg (um 1184-1221), übertrug dem Kloster Lamspringe 1230 Güter in Elze und trug so zur Blütezeit dieses Klosters bei. Er erhielt 1260 Burg, Stadt und Grafschaft Peine von Otto I. von Braunschweig-Lüneburg, Bischof von Hildesheim zum Lehen. Wedekind starb 1275 ohne leibliche Erben, ein Jahr später folgte ihm Oda von Poppenburg ins Grab. Nach damaliger Rechtslage fielen die Lehen an den Bischof von Hildesheim, Otto I. von Braunschweig-Lüneburg, zurück. Vgl. Urkundenbuch des Hochstifts Hildesheim, 1965.

(8) *... so dachte auch ein junger Ritter, Conrad von Winzenburg ...*
Die Grafen von Winzenburg benannten sich nach ihrer Burg, die südöstlich von Alfeld lag und die sie vom Bischof von Hildesheim 1109 erstmals als Lehen erhalten hatten. Unter den Grafen von Winzenburg ist kein Conrad nachzuweisen (vgl. Urkundenbuch des Hochstifts Hildesheim u. seiner Bischöfe. 1. Teil hrsg. von Karl Janicke. Neudruck der Ausgabe von 1896. Osnabrück 1965, S. 815). Es gab jedoch unter den fürstbischöflichen hildesheimischen Ministerialen 1147 einen Konrad von Winzenburg (a.a.O., S. 232, Nr. 245). Die Burg Winzenburg war eine Höhenburg. Als stark ausgebaute Festung spielte sie in der Territorialpolitik der Bischöfe von Hildesheim stets eine wichtige Rolle. Das erste Mal urkundlich erwähnt wird die Winzenburg 1109, als Herman I. sie als Lehen von seinem Bruder, dem Hildesheimer Bischof, erhielt und sich nach ihr benannte. Als 1152 mit der Ermordung Hermanns II. das Geschlecht der Winzenburger

erlosch, fiel die Burg an den Bischof von Hildesheim zurück, der sie erneut ausbauen ließ und zur stärksten Burg seiner Herrschaft machte. Die Burg wurde in der Hildesheimer Stiftsfehde (1519-1523) belagert und ergab sich, nachdem der Turm in Brand geraten war, ohne erstürmt worden zu sein. Sie wurde komplett zerstört. Durch den Quedlinburger Rezess (1523) kam die Burgruine in den Besitz Heinrich des Mittleren, dem Herzog von Braunschweig, der sie weiter verfallen ließ. Heute sind nur noch wenige Reste, so der Stumpf des Bergfriedes, erhalten. Zur Winzenburg: Friedrich 1992 und Schultz 1980.

(9) *... die den Armen so reiche Almosen gab und daneben Maler beschenkte, von denen sie Heiligenbilder malen ließ, auch selber köstliche Teppiche in bunten Farben zu weben verstand ...*
Oda wird im Märchen als ein Muster an Tugendhaftigkeit vorgestellt, das noch ganz von spätbiedermeierlichen Vorstellungen geprägt ist. Ihre Tugenden werden durch ihre Tätigkeiten beschrieben: Handarbeit (Fleiß), Almosen geben (Mildtätigkeit) und Kirchen schmücken (Frömmigkeit). Dieses Bild hatte mit dem tatsächlichen Leben einer Frau des Landadels wenig zu tun. Vgl. hierzu: Ingeborg Weber-Kellermann: Frauenleben im 19. Jahrhundert: Empire und Romantik, Biedermeier, Gründerzeit. München 1983 und »Als die Frauen noch sanft und engelsgleich waren«. Die Sicht der Frau in der Zeit der Aufklärung und des Biedermeiers. Katalog der Ausstellung im Westfälischen Landesmuseum für Kunst und Kulturgeschichte Münster vom 19.11.1995-11.2.1996), Münster 1995.

(10) *... eine alte Schaffnerin ...*
Schaffnerin: Altdeutsch für Haushälterin, Haushofmeisterin, die auch für Verwaltung der ökonomischen Angelegenheiten zuständig sein konnte. Vgl. Meyers Konversations-Lexikon 1888, Band 14, S. 387.

(11) *... ein Zwerg, Grimbart geheißen, ...*
Ein klassischer Name für einen Zwerg, der in Sagen und Erzäh-

lungen des 19. Jahrhunderts wiederholt auftaucht. Bis heute findet dieser beliebte Zwergenname Verwendung in Literatur und auch in Fantasy-Computerspielen. In Fabeln wurde der Dachs früher auch als »Grimbart« bezeichnet. Der Dachs galt als Bewohner unterirdischer Gänge als Freund der Zwerge.

(12) ... *brannte es im alten Eckthurme der Poppenburg, ...*
Auch diese Textstelle könnte durch die Kenntnis alter Urkunden und Quellen inspiriert worden sein. So ist von der Poppenburg überliefert, dass Bischof Otto II. im 13. Jahrhundert den kleinen Turm und das Wohngebäude mit Steinplatten decken ließ, um sie gegen Brandgefahr zu schützen. Dies könnte auf ein vorhergegangenes Feuer schließen lassen. Über die Winzenburg ist der Brand eines Turmes direkt überliefert: Während der Hildesheimer Stiftsfehde (1519-1523) geriet beim Angriff auf die Winzenburg der Turm in Brand, worauf man sich ergab.

(13) ... *Tiro, sein treuer Hund ...*
»Tiro« ist ein alter römischer Name und bedeutet: Der Lehrling (nach Ciceros gelehrtem freigelassenen, Marcus Tullius Tiro). Tiro war erst Sklave, dann Sekretär und Freund von Cicero. Vor allem ist Tiro bekannt wegen der Erfindung der altrömischen Kurzschrift, auch als Tironische Noten bezeichnet, die er entwickelte, um Ciceros Reden aufzeichnen zu können.

(14) ... *es war bei den Zwergenlöchern im Schulenburger Berg ...*
Als »Zwergenlöcher« benannte man Spalten, Höhlen oder auch Fuchsbauten, die scheinbare Gänge der Zwerge ins Berginnere waren. In regionalen Sagen ist mehrfach die Rede von Zwergenlöchern, hier auch als twârgeslock (»Zwergloch« in: Hildesheimer Rosen, 11. Aufl. Hildesheim 1986, S. 80) bezeichnet. Geschichten von Zwergen finden sich meist im Umfeld von Steinbrüchen und Bergbau. Am Schulenburger Berg gab es lange Zeit einen Steinbruch, in dem ein rötlicher Sandstein abgebaut wurde, der im 19. Jahrhundert aber bereits verlassen war.

(15) ... *Mit Sanct Bernwards Silberhammer ...*
Von der Existenz eines silbernen Hammers berichten keine Quellen aus dem Umfeld der bernwardinischen Kunst. Auch im Domschatz zu Hildesheim findet sich kein Hammer oder ein hammerähnliches Objekt. Der Hl. Bernward erfuhr in Hildesheim besondere Verehrung als Patron der Goldschmiede und auf Zunftwappen abgebildet. Der eigentliche Heilige dieser Gewerke, der Hl. Eligius, wird meist als Hufschmied mit einem Pferd oder auch einfach mit einem Hammer in der Hand dargestellt. In Hildesheim kam es bei der Darstellung des Heiligen Bernward zu Überschneidungen mit den Attributen des Heiligen Eligius.

(16) *...welchen vor dreihundert Jahren die Steinmetzen der Michaels-Kirche auf dem Grabe des Hl. Bernwards niedergelegt hatten.*
Die Steinmetze der Michaelskirche legten den Hammer nach Vollendung der Kirche auf das Grab. Somit ist der Hammer hier auch Symbol für die vollendete Arbeit und der Heilige Bernward wird zum Wächter und Zeugen. Das Bernwardgrab befindet sich in der Unterkirche (Krypta) unter dem Westteil der Kirche. Vgl. Renate Kahsnitz: Bischof Bernwards Grab. In: Bernward und das Zeitalter der Ottonen. Ausstellungskatalog, Hildesheim/Mainz 1993, Bd. I, S. 383-396.

(17) ... *flehte den Geistlichen an ...*
Der Geistliche im Märchen gehört dem Orden der Benediktiner an, denn die St. Michaelskirche gehörte der dortigen Benediktinerabtei. (von etwa 1000-1803); vgl. Ulrich Faust: Die Benediktinerklöster in Niedersachsen, Schleswig-Holstein und Bremen. (= Germania Benedictina, Bd. VI) St. Ottilien 1979, S. 218-252.

(19) ... *drei kunsterfahrene Meister von Straßburg am Rhein berufen, Baumeister, Maler und Bildhauer, daß sie unserer Stadt eine neue Kirche bauen mögen nach der neuen Weise von Erwin von Steinbach.*
Eine neue Kirche in diesem Stil bedeutete eine hochgotische Kirche. Zu Erwin von Steinbach vgl. Niehr 1999.

(20) ... *und Wilhelm von Einbeck nahm das Wort ...*
Der Name Meister Wilhelm von Einbeck ist eine Anspielung auf Conrad Wilhelm Hase, der aus Einbeck stammte. Er war der erste Architekt von Schloss Marienburg und außerdem auch für die Restaurierung in St. Michael in Hildesheim zuständig. Ein Baumeister und Bildhauer Konrad von Einbeck ist um 1382 belegt. Allerdings ist es eher unwahrscheinlich, dass Bergmann diesen Künstler namentlich kannte. Zu Konrad von Einbeck: Vgl. W. Schadendorf: Konrad von Einbeck, Diss. Göttingen 1953.

(21) ... *der Fiedler Thomas Meyer von Elze ...*
Die Figur des Musikanten Thomas Meyer ist der Sage »Der Musikant im Zwergenloche bei Hildesheim« entnommen. Hier heißt der Musikant Johannes Meier (nach Karl Seifart 1854).

(22) ... *und die Nixen des Flusses, die hier wohnten ...*
In den Märchen der Hildesheimer Region kommen fast nie Nixen vor.

(23) ... *wo er im goldenen Winkel ...*
Der Güldene Winkel, auch Scotelingon = Schlüsselgau. Aus den alten Bezeichnungen entstehen die weiteren Namen: Gulden Go, Guldene Winkel und schließlich die heutige Form, Güldener Winkel. Zum güldenen Winkel gehören die Dörfer Emmerke, Himmelsthür, Sorsum, Groß- und Klein Escherde und die untergegangene Siedlung Stockem. Die Dörfer Giften, Barnten, Groß- und Klein Giesen (mit den untergegangenen Siedlungen Groß- und Klein Bevelte bei Giesen) zählen auch zu diesem Gau. Frdl. Hinweise von Cäcilie Schwermann.

(24) *»Ihr Herz hatte sie leider nicht betrogen: nach mondenlangem Harren kam die Trauerkunde, daß viele Tausende des Kreuzheeres im Heißen Kampfe gegen den Ungläubigen zu Grunde gegangen, unter ihnen auch der tapfere Ritter Conrad von Winzenburg, als er beim Sturme auf die Veste Akkon ...«*
Die Seefeste Akkon (die heutige Stadt Akka in Israel) wurde am

21. Juli 1189 von einem Kreuzfahrerheer belagert und nach harten Kämpfen am 3. September von der maurischen Besatzung übergeben. Bergmann könnte die Idee für diesen Ausgang des Märchens von der historischen Figur des Grafen Albert von Poppenburg herleiten. Dieser war bei dem Sturm auf Akkon beteiligt und starb auf dem Rückweg in Italien.

(25) ... *um im nahen Kloster Wülfinghausen ihr einsames Leben zu beschließen.*
Das Kloster Wülfinghausen liegt am Nordosthang des Osterwaldes. Das Augustinerinnenkloster wurde 1236 gegründet. Das Kloster diente jahrhundertelang als Versorgungs- und Bildungseinrichtung für unverheiratete oder auch verwitwete Frauen des Landadels. Das Kloster blieb trotz zahlreicher Schenkungen verhältnismäßig arm, denn viele der Konventualinnen wurden ohne große Stiftungen ins Kloster aufgenommen. Siehe auch: Gesa Schönermark/Wolfgang Brandis/Uwe Hager: Kloster Wülfinghausen – Geschichte und Wirken 1236-2006. In: Springer Jahrbuch 2006 für die Stadt und den Altkreis Springe. Springe 2006. S. 8-27. Ilse von Düring: Kloster Wülfingshausen. Geschichte einer Klostergründung. Paderborn 1902. Jürgen Huck: Die Bock von Wülfingen, 1. Teil, Hannover 2000.

DAS ALTE MÄRCHEN
»Die Zwerge im Berge der Marienburg«
Geschichte und Ursprung

Das Märchen »*Die Zwerge im Berge der Marienburg*« wurde für König Georg V. neu aufgeschrieben, um genau den Inhalt der Wandfresken für das Billardzimmer der Marienburg festzulegen. Der vom Künstler Georg Bergmann eingereichte Text trägt zwei Überschriften »*Die Zwerge im Berge der Marienburg*« und »*Das alte Märchen*«.

Es handelt sich um eine freie Nacherzählung der alten lokalen Sage vom »*Musikant im Zwergenloch*«, die Karl Seifart 1854 erstmals veröffentlichte und die in mehreren Varianten überliefert ist.[92] In ihren Grundzügen ist die Erzählung immer gleich: Ein berühmter Musikant wird von den Zwergen in ihre Unterwelt verschleppt, um ihnen aufzuspielen. Reich belohnt kehrt er zurück. Zuhause angekommen, schenkt niemand dem betrunkenen Spielmann Glauben. Der einzige Beweis seiner nächtlichen Abenteuer – das sagenhafte Geschenk, das Gold der Zwerge – hat sich durch seine Unachtsamkeit in Pferdeäpfel verwandelt.

Das Märchen »*Die Zwerge im Berge der Marienburg*« wurde jedoch verändert. Ergänzend wurde eine neue Weihnachtslegende aus dem 19. Jahrhundert mit eingeflochten. Diese Legende stammt aus einer anderen Erzähltradition und hat wenig gemein mit dem Volksmärchen vom »*Musikant im Zwergenloch*«. Die Geschichten verbindet allein die Beschreibung eines unterirdischen, für Menschen unsichtbaren verborgenen Zwergenreiches, das tief im Inneren des Marienberges liegt. In beiden Erzählungen soll die Existenz der Zwerge durch einen Besuch in ihrer Unterwelt nachgewiesen werden. Der eigenwillige Erzählstil des Märchens, der scheinbar genau berichtet und präzise Namen, Uhrzeiten und Ortschaften benennt, soll hier eine mögliche Glaubwürdigkeit unterstreichen.

Georg Bergmann versetzte die Handlung des Märchens wieder in die Epoche des Mittelalters. Er benannte die Zeit, in der das Märchen spielte, *»ums Jahr 1400«*. Auch dies ist ein weiterer Hinweis darauf, dass das Märchen anlässlich der Erbauung der Marienburg neu aufgeschrieben wurde. Denn *»um 1400«* galt den romantischen Neugotikern als Blütezeit der Gotik, deren Architektur als Vorbild für viele Details der Marienburg diente.

Für dieses Märchen wählte der Autor einen altertümlichen Erzählstil. Stilistisch erinnert *»Die Zwerge im Berge der Marienburg«* an Grimm-Vorläufer wie Johann Karl August Musäus (1782-90),[93] und besonders Benedikte Naubert (1756-1819).[94] Als literarische Vorlage dienten die Veröffentlichungen von Karl Seifart. Hierfür spricht auch die Erwähnung von anderen lokalen Sagen im Marienburgmärchen (z.B. »*Vom Teufel im Hückedahle*«). In seiner antiquierten Erzählform täuscht das Märchen *»Die Zwerge im Berge der Marienburg«* ein Alter vor, das es nicht wirklich hat. Die Schreibformen vertrauter Ortsnamen, die im Märchen in zweifacher Schreibweise, so Aulica (Elze),[95] Eldaghessen (Eldagsen) und Pattenhusen (Pattensen) aufgeführt werden, unterstreichen diesen altertümlichen Stil. Volkstümliche Motive geben dem Märchen seinen reichen Erzählcharakter. Ein paar eingestreute »Provinzialismen« verleihen zudem das Kolorit eines mündlichen Vortrages. Der Autor benannte seine Quelle: *»Die Sage über die Zwerge der Marienburg ist mir im Jahre 1819 von einer hiesigen 84jährigen Matrone ... mitgetheilt.«* Diese scheinbar präzise Quellenangabe will der Geschichte Authentizität und Echtheit verleihen. Auch mit dieser Art von Angaben orientierte sich der Erzähler am Vorbild der Brüder Grimm. In der Grimm-Nachfolge gab es überall in Deutschland Bemühungen, die mündliche Erzähltradition auch schriftlich zu bewahren. Die vielen Texte waren in den wenigsten Fällen authentische Protokolle, auch wenn sie sich durch ähnliche Hinweise auf die Quelle wie beim *»Die Zwerge im Berge der Marienburg«* den Anschein geben wollen. Die gesammelten Texte wurden sprachlich überarbeitet und in vielen Fällen inhaltlich geglättet.

Auch bei dem von Karl Seifart veröffentlichten Märchen »*Vom Musikant im Zwergenloch*« findet sich ein Hinweis auf eine Erzählerin: *»Deine Manen, alte fromme Sanderin, werden mir nicht* *zürnen, daß ich auf den lauten Markt bringe was du mit einem favete linguis in scheuem Flüstern von den lieben Heiligen, von Johannes Meier und dem klugen Bruns erzähltest.«*[96]

Weitere Abweichungen der beiden ähnlichen Märchen finden sich vor allem in den Namen. Im Märchen »*Die Zwerge im Berge der Marienburg*« heißt der berühmte Musikant Thomas Meier und ist in Elze zuhause. In der von Karl Seifart publizierten Variante des Märchens trägt der Spielmann den Namen »*Johannes Meier*« und lebt in Hildesheim.

Die Weihnachtslegende – »Geschenke von Zwergenhand«

Mit der Weihnachtslegende beginnt das Märchen »*Die Zwerge im Berge der Marienburg*«. Sie ist ganz im Stil des 19. Jahrhunderts gehalten und erzählt vom vorweihnachtlichen Besuch Knecht Ruprechts im Zwergenreich, der hier Geschenke »*für die liebe Jugend*« zu besorgen hat.

Dieser niedersächsische Knecht Ruprecht unterscheidet sich gänzlich von der herkömmlichen Schreckfigur für Kinder. Traditionell ist Knecht Ruprecht eher ein düsterer Gesell, der in einer dunklen Kutte mit einer Rute am Gürtel auftritt. Als Begleiter von Christkind oder Nikolaus ist er, »*der die Kinder mit der Rute schreckt*«, ein strafender, Angst machender Gegenpart zu diesen lichten Weihnachtsboten.[97]

Umso ungewöhnlicher ist diese lokale Weihnachtslegende. Knecht Ruprecht gleicht mit seinem freundlichen Charakter eher unserem heutigen Bild vom Nikolaus: Er ist freundlich, würdig und zudem sehr elegant gekleidet. Auffallend ist seine ganz weiße Tracht – ein Symbol für die winterliche Weihnachtszeit –, die genau beschrieben wird: »*Er ist ganz weiß gekleidet, seine Kopfbedeckung hat eine zuckerhutähnliche Form und ist aus weißer Seide verfertigt, wie überhaupt sein ganzer Anzug aus weißer Seide besteht. Nur sein Beinkleid ist aus weißem Hirschleder verfertigt. Seine Stiefel gehen weit über die Knie und sein weißer Bart reicht tief herunter.*«

Im Märchen ist Knecht Ruprecht einer der wenigen, die regelmäßig Kontakt zum Zwergenreich haben. »*Alljährlich in der heiligen Adventzeit ... bis zum Heiligen Weihnachtsfeste*«, und zwar genau zur Geisterstunde (»*wenn es zu Nordstemmern 12 geschlagen*«) tritt er über die Leine. Hier kennt nur er das Tor zu den »*Fabriken dieser unterirdischen Bewohner*«. Die fleißigen Zwerge fertigen in Werkstätten »*Zucker- und tausendfach Spielsachen*« für die Kinder zu Weihnachten. Das Zwergenreich im Schulenburger Berg ähnelt der Menschenwelt. So regiert auch hier ein König, der Hof hält. Die Zwerge verfügen offensichtlich über Geschäftssinn, denn Knecht Ruprecht muss mit ihnen verhandeln und ihnen die Geschenke für die Kinder abkaufen. »*So wie das Geschäft abgeschlossen ist*«, beginnt der Transport der Geschenke, den das Zwergenvolk übernimmt. Diesen beschreibt der Erzähler mit der ihm eigenen Genauigkeit: Die Geschenke, die für Nordstemmen und Umgebung bestimmt sind, werden »*in halben Nußschalen über die Leine*« transportiert und »*mit tausend Wagen ... in verschiedene Höhlen neben Ortschaften*« gebracht und dort gelagert.

Anhand dieser Beschreibung lassen sich auch die neuen Weihnachtsbräuche ablesen, die sich um die Mitte des 19. Jahrhunderts entwickelten, und bei denen Geschenke und ein Weihnachtsbaum eine größere Rolle spielten als früher.[98] Mit dem neuen Brauchtum entstanden auch andere Weihnachtgeschichten, beispielsweise die Erzählung von den Zwergenwerkstätten, in denen das ganze Jahr Weihnachtsgeschenke hergestellt werden. Bis heute finden sich in den Weihnachtsgeschichten und -filmen ähnliche Motive, die von den geheimen Geschenkfabriken am Nordpol berichten, in denen Santa Klaus (oder der Nikolaus) gemeinsam mit den Zwergen fleißig Geschenke produzierten. In diesen Weihnachtsgeschichten erfährt das Bild der Zwerge eine entscheidende Veränderung: Die früher oft als launisch und bösartig beschriebenen Zwerge wandeln sich zu höflichen, fleißigen und beflissenen Handwerkern für Kindergeschenke. Auch in »*Das Märchen vom Marienberge*« verraten die unterschiedlichen Beschreibungen der Zwerge Herkunft und Alter der Erzählteile: So stammt die Weihnachtslegende mit den freundlich-ergebenen Zwergen aus der ersten Hälfte des 19. Jahrhunderts, während der Erzählteil mit dem ruppigen Zwerg, der den Musikanten unsanft entführt, die wesentlich ältere Volkssage verrät.

Als nicht gerade zimperlich wird der Zwerg, der den »*Stadtmusikant Thomas Meier aus Elze*« entführt, beschrieben: Er stellt ihm mehrfach ein Bein, bevor er ihn unter den Arm nimmt und ins Innere des Marienberges verschleppt. Auch in den anderen Erzählvarianten, so bei Karl Seifart, ist diese unfreiwillige Entführung ähnlich grob – was angesichts des betrunkenen Musikanten nicht ganz so schlimm erscheint.

In den mündlich tradierten Volkserzählungen sind Begegnungen mit Zwergen für Menschen fast immer unberechenbar und oft auch gefährlich. In »*Niedersachsens Sagen*« werden sie beschrieben »*als Kleine Männlein und Weiblein, nicht größer als ein zweijähriges Kind, aber mit dickem Kopf und runzeligem Gesicht. Die Männlein haben einen langen, eisgrauen Bart. Tief im Innern der Erde, in Höhlen, Spalten und Gängen haben sie ihr Reich. Ein Mensch bekommt die 'Unterirdischen' nur selten zu sehen; denn sie tragen auf dem Kopf einen Wünschelhut, zu dem man auch Tarnkappe sagt. Diese macht den Zwerg unsichtbar. Nur wenn er sie absetzt oder verliert kann man ihn erblicken.*«[99] Ihre übernatürlichen Kräfte machen

Das Bild des strafenden Knecht Ruprecht sollte die Kinder ermahnen. Nach A.R. Richter

Kleine Zwerge schmückten die Konsolen im Rittersaal der Marienburg. Aus der Raumdekoration von C.W. Hase, 1862

ihren kleinen Wuchs wett. Oft sind sie übellaunig, arglistig und geizig. Sie gelten als Hüter der unterirdischen Schätze wie Metalle und Edelsteine, aus denen sie kostbarste Gegenstände arbeiten, die sie vor allem – gierig wie sie sind – aber selbst horten. Ihren handwerklichen Fähigkeiten werden Zauberkräfte nachgesagt und ihre Waffen oder der Schmuck sind sehr begehrt. So geht in der Sage »*Wieland der Schmied*« Wieland bei Zwergen in die Lehre. Als Wieland seine beiden Lehrmeister im Schmieden übertrifft, trachten ihm die eifersüchtigen Zwerge sogar nach dem Leben, sodass er gezwungen ist, sie zu töten. Berühmt zur Zeit der Romantik ist auch der listige und starke Zwerg »*Alberich*«, der den Schatz der Nibelungen bewacht.

Ein typisches Motiv in Märchen und Sagen ist die Art der Begegnung von Zwerg und Mensch: Es sind meist gesellschaftliche Außenseiter, die auf Wesen anderer Art wie Zwerge, Trolle, Riesen oder Feen stoßen. Zu diesen Außenseitern zählten auch die Musikanten. Die Spielleute besaßen lange Zeit kein großes Ansehen. Sie galten auf dem Land vom Mittelalter bis in die Neuzeit hinein als Randgruppe, die es von der Obrigkeit zu kontrollieren galt. Dort, wo sie aufspielten, sah man sie als eine Gefahr. Denn mit Hilfe von guter Tanzmusik, konnten Volksfeste schnell zu fröhlich-erotischen Tanz- und Saufgelagen ausarten, vor denen man sich fürchtete. Hier wollte man das Volk im Zaum halten.

Von dem schlechten Ansehen der Spielleute zeugen in der Stadt Elze die alten Gildeordnungen. So musste ein von auswärts kommender Bewerber bei der Mitgliedschaft in einer Gilde unter anderem schwören, »*daß er nicht sei eines Schäfers, Müllers, Zöllners,*

Pfeifers oder eines anderen Sohn«, denen die Mitgliedschaft in der Gilde oder in anderen Ämtern verwehrt war. Es ist überliefert, dass der Elzer Einwohner Tile Reggen nur unter der Bedingung Gildemitglied werden durfte, dass er »*die Sackpfeife würde hinlegen.*«[100] Fest angestellte Stadtmusikanten, die genauen Vorschriften unterlagen, sollten den Städten zu mehr Kontrolle des Volkes verhelfen. Die Stadtmusikanten erhielten dafür ein geregeltes Einkommen und zusätzlich eine Wohnung oder ein Haus von der Stadt gestellt. Der im Märchen erwähnte Stadtmusikant Thomas Meier bleibt jedoch eine Fantasiefigur, denn »*um 1400*« gab es noch keine Stadtmusikanten in Elze. Erst um 1690 stellte die Stadt Elze den ersten Stadtmusiker ein.

Kleine Zwerge schmückten die Konsolen im Rittersaal der Marienburg. Aus der Raumdekoration von C.W. Hase, 1862

Im Märchen wird der Spielmann auf dem Rückweg von einer Feier »*von den hohen Herrschaften in Calenberg*« am Fuße der Marienburg entführt. Im Zwergenreich angekommen wird der Musikant freundlich empfangen und großartig bewirtet. Dann verlangt der Zwergenkönig, dass Thomas Meier seinem Volk aufspiele. Vor allem den »neu erfundenen Wippetanz« soll er spielen. Beispiellos im Märchen »*Die Zwerge im Berge der Marienburg*« ist die genaue Beschreibung des »Wippetanzes«. In keiner anderen Erzählvariante des Märchens wird die Choreographie so ausführlich vorgegeben: »*Wipp wipp wipp wipp, wipp wipp, und zwei Personen faßten sich mit beiden Händen auf die Schultern und bewegten sich stark nach links und rechts. Man ließ nach einiger Zeit die Hände los und ein Tänzer drehte sich mit dem Rücken dem anderen Tänzer zu, empfing mit dem Knie einen Schupp und schnell drehte sich der andere herum, um gleichfalls seinen Schupp zu empfangen. Jezsd gingen die Touren in künstlichen Windungen und Schlingungen (ähnlich wie bei Quadrillen) durcheinander und die Schuppse wurden mit*

Der ausgelassene Tanz der Jugend auf dem Schützenfest. Georg Bergmanns lebendige Sittenschilderung des Hildesheimer Schützenfestes zeigt die Junggesellen, die ihre »Mäkens« mit unterschiedlichem Geschick im Tanz schwangen.

beiden Knien bald links, bald rechts appliziert und endeten mit einem großen Reigen.« Der Erzähler des Märchens erwähnte sogar, dass der Wippetanz im 2/4-Takt gespielt wurde. Mit dieser Vorgabe lässt sich eine Verbindung zu überlieferten Noten eines Tanzes aus dieser Zeit, der so genannten »Nordstemmer Quadrille«, herstellen.[101] Ob es sich bei diesem Tanz um den im Märchen erwähnten handelt, bleibt ungewiss. Nicht überliefert ist, inwieweit dieser Tanz um die Mitte des 19. Jahrhunderts tatsächlich getanzt wurde.

Das Original der Noten der Nordstemmer Tänze stammt aus der Sammlung von K.F. Nölting, dessen Großvater in Schulenburg wohnte.[102] Nölting sammelte alte Schriften. Er trug die Noten zur »Nordstemmer Quadrille« und dem »Elzer Klapptanz« neben anderen Tänzen zusammen. Nölting gehörte zu den interessierten Laienheimatforschern, die um die Mitte des 19. Jahrhunderts regionale Musik, Tänze und Trachten dokumentierten und so erhielten. Viele Heimatvereine und Trachtengruppen wurden infolge der Begeisterung für das volkstümliche Erbe, dessen Pflege und Wiederbelebung gegründet.

Verwandlungen: Vor dem Stadttor von Elze

Das Märchen »*Die Zwerge im Berge der Marienburg*« endet mit einem klassischen Motiv der Verwandlungen: Das Geschenk der Zwerge wird zuerst auf wundersame Weise zu Gold und dann in Pferdedreck verwandelt.

In diesem Märchen sind es »*gebratene Zwetschgen*«, die die Zwerge dem Spielmann zum Abschied für seine Frau mitgeben, und die er in seine Taschen stopft. Nachdem ihm der König die Pracht und den Reichtum seines Reiches gezeigt hat, kehrt Thomas Meier in die Oberwelt zurück. Auf dem Heimweg nach Elze verwandeln sich die Zwetschgen in »*lauter Goldstücke*«. Beim Anblick des Zwergengoldes überfällt den Musikanten die Gier und er wird größenwahnsinnig: Unbedacht erzählt er dem Torschreiber Hans Storren von seinem Schatz, denn jetzt will er gleich ganz Elze kaufen. Da verwandelt sich das kostbare Geschenk der Zwerge erneut: Dieses Mal in wertlosen Pferdedreck.

Ein Zwerg mit großem Schild schützt seitlich die Mauerkanten der Tore als Radabweiser. Zinkguß mit Eisen, um 1864

Auch in den anderen Erzählvarianten des Märchens bildet der Moment in der Nacht vor dem verschlossenen Stadttor den Wendepunkt. Hier vergisst der betrunkene Musikant die Ratschläge der Zwerge: Mal ist es vor dem Stadttor von Hildesheim, wo er sein Versprechen, das Geheimnis des Zwergenreiches zu wahren und die Herkunft des Goldes zu verschweigen, bricht. Mal überfällt ihn die Neugierde, und er vergisst die Warnung des Königs: »Fasse nicht eher in die Tasche, als bis du zu Hauses bei deiner Familie angekommen bist; dann bist du ein reicher Mann.«[103] Hier endet das Märchen – gleich einer Fabel – mit der Moral »*Reden ist Silber, aber Schweigen ist Gold.*«[104]

In allen Varianten des Märchens spielt der nächtliche Dialog mit dem

Torwächter eine Rolle. Er ist immer darüber ärgerlich, dass er tief in der Nacht aufstehen muss, um für den betrunkenen Musiker das Stadttor zu öffnen. Es herrschte im Mittelalter ein alter Zwist zwischen spät heimkehrenden Musikanten und den Tor- oder Nachtwächtern, die sich weigerten die Stadttore zu öffnen, sodass die Spielleute auf offenem Feld bis zum Morgen schlafen mussten.

Der Torwächter des Märchens steht hier symbolisch auch als »Hüter der Schwelle«, der den Übergang von den Erlebnissen im Zauberberg zurück in die Realität darstellt. Der Wächter ist zugleich auch der erste Zeuge der Menschenwelt: Er glaubt dem schwatzhaften und betrunkenen Musikanten kein Wort.

Ein schöner mundartlicher Wortwechsel überliefert eine andere Erzählvariante. »Dui versopene Bengel, konnest wenigstens mal utslapen.« »Na, man langsam«, sagte der Musikant. »Wotau biste denn da? Bille deck man bloat nix in, diu mëinst woll wunner, wat diu bist, wenn diu in dat Tiutehörn piustest und dabei sau dicke Backen makest, as höre deck dei ganze Welt. Mit meck kannste deck doch nich mäten. Eck kann jetzt ganz Elze köppen.« Da lacht der Torwächter höhnisch: »Diu un Elze köpen, diu arme Schlucker?«[105]

Im »Alten Märchen« glaubt niemand dem betrunkenen Musikanten seine nächtlichen Erlebnisse. Und auch der andere Zeuge des unterirdischen Zwergenreiches – Knecht Ruprecht – ist naturgemäß sehr schweigsam. So bleiben die Berichte vom Zwergenreich im Schulenburger Berg geheimnisvoll und märchenhaft.

Das alte Märchen.

Die Zwerge im Berge der Marienburg
(wörtliche Wiedergabe)

Die Sage über die Zwerge der Marienburg ist mir im Jahre 1819 von einer hiesigen 84jährigen Matrone (1) in folgender Fassung mitgetheilt.

Alljährig in der heiligen Adventszeit und zwar vom 1ten Advent an bis zum heiligen Weihnachtsfeste, tritt Knecht Ruprecht in der Mitternachtsstunde, wenn es zu Nordstemmen 12 geschlagen hat, in einem Schritte von Nordstemmen über die Leine. Er ist ganz weiß gekleidet, seine Kopfbedeckung hat eine zuckerhutähnliche Form und ist aus weißer Seide verfertigt, wie überhaupt sein ganzer Anzug aus weißer Seide besteht, nur sein Beinkleid ist aus weißem Hirschleder verfertigt. Seine Stiefel gehen weit über die Knie und sein weißer Bart reicht tief herunter. Er zieht, nachdem er über die Leine vor den Marienberg getreten ist, einen silbernen (2) aus der Tasche, schlägt mit demselben 3 mal an den Berg und ruft jedesmal: Kieschen gah upp (3). Nach dem dritten Schlage öffnet sich der Berg und zwei Zwergpförtner führen ihn durch einen großen erleuchteten Eingang. Der Zweck seines alljährlichen Erscheinens besteht darin, um große Einkäufe für die liebe Jugend, welche am heiligen Weihnachtsfeste beschenkt werden soll, bei den Zwergen zu besorgen. So wie sein Geschäft, welches großartig, abgeschloßen ist, werden mehrere Fuder der schönsten Sachen, bestehend in Zucker- und tausendfachen Spielsachen, von den Zwergen durch den Eingang an die Oberwelt gebracht, und tausend Wagen, bespannt mit 4 und 2 beinigen Thieren, fahren links und rechts die schönen Sachen in verschiedene Höhlen neben die Ortschaften; und tausend von Zwergen fahren diejenigen Sachen, welche für Nordstemmen und Umgegend bestimmt sind, in halben Walnußschalen über die Leine, wo ähnliche Wagen, wie eben beschrieben, bereit stehen zur weiteren Beförderung. Man würde nun über die innere und häusliche Einrichtung, so wie über die großartigen Farbriken (4) dieser unterirdischen Bewohner wenig wissen; denn Knecht Ruprecht war sehr schweigsam, wenn nicht der selige Stadtmusikant Thomas Meier (5) glaubwürdige Mittheilungen in ausführlichster Art uns hinterlassen hätte. Dieser selige Mann, welcher ums Jahr 1400 zu Elze als Stadtmusikant lebte, war sehr berühmt durch seinen neu erfundenen Wippetanz (6). Dieser Tanz wurde in 2/4 Takt gespielt. Wipp wipp wipp wipp, wipp wipp, und zwei Personen faßten sich mit beiden Händen auf die Schultern und bewegten sich stark nach links und rechts. Man ließ nach einiger Zeit die Hände los und ein Tänzer drehte sich mit dem Rücken dem anderen Tänzer zu, empfing mit dem Knie einen Schupp und schnell drehte sich der andere herum, um gleichfalls seinen Schupp zu empfangen. Jezsd gingen die Touren in künstlichen Windungen und Schlingungen (ähnlich wie bei Quadrillen) durcheinander und die Schuppse wurden mit beiden Knien bald links, bald rechts applicirt und endeten mit einem großen Reigen. Dieser Tanz wurde nun in damaliger Zeit weltberühmt und es wurde selten eine Hochzeit in Aulica (Elze) Eldaghessen (Eldagsen) und Pattenhusen (Pattensen) gefeiert, wo nicht der selige Thomas Meyer hinberufen wurde. Auch Serenissimus (7) zu Alt Calenberg wurde gewahr, welcher hochberühmte Mann in Elze Stadtmusikant sei.

Thomas wurde zu den hohen Herrschaften nach Calenberg berufen und sein Tanz fand allgemeinen Beifall bei den hohen Herrschaften und alle hohen Gäste nahmen Theil daran. Reich beschenkt entfernte er sich; es war schon sehr spät und ihn überfiel eine bange Sorge. Er dachte bei sich selbst, wärest du doch erst vor den Fuchslöchern des Marienberges vorüber! Doch was half alle Furcht, er mußte dort vorbei. Je näher er aber dem Berge kam, desto mehr sträubten sich seine Haare und als er fast demselben gegenüber war, rührte sich dort etwas und recht herzhaft fragte Thomas: »Guten Abend!« »Danke« hallte es wieder. »Nehmt ihr keinen mit?« »Warum nicht«, sagte Thomas, und sogleich stand ein dicker 1 1/2 Fuß hoher Zwerg mit colossalem Hute an seiner Seite zur Begleitung. Thomas suchte beherzt ein Gespräch anzuknüpfen, doch der Zwerg antwortete kurz. Es dauerte nicht lange, so steckte er Thomas einen Stock zwischen die Beine, daß derselbe sammt seinen schönen Instrumenten, welche er mit sich führte, zur Erde fiel. Thomas richtete sich wieder auf und sagte: »Das probiere aber

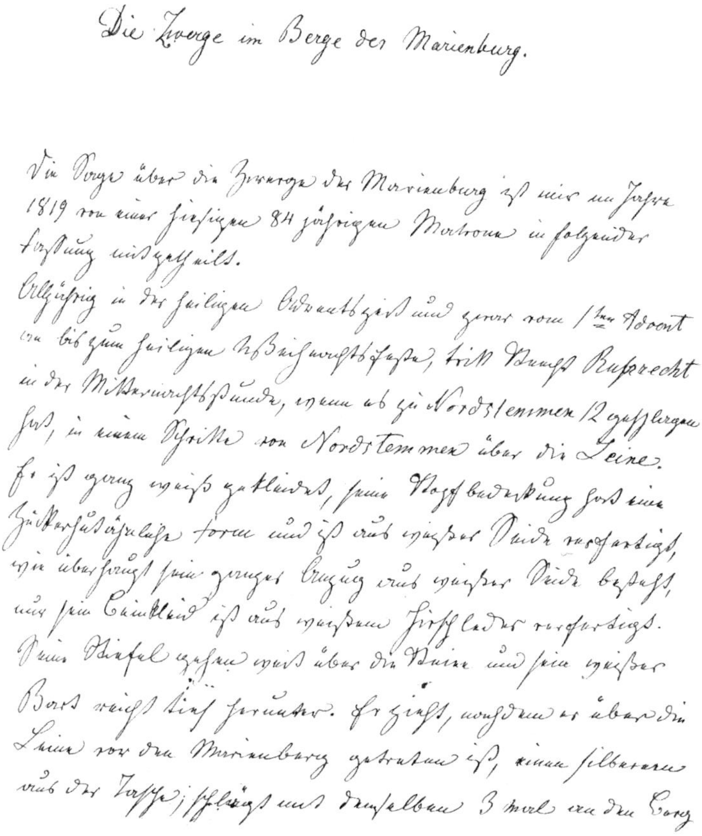
Die Zwerge im Berge der Marienburg.

Die Sage über die Zwerge der Marienburg ist mir im Jahre
1819 von einer hiesigen 84 jährigen Matrone in folgender
Fassung mitgetheilt.
Alljährig in der heiligen Adventszeit und zwar vom 1ten Advent
an bis zum heiligen Weihnachtsfeste, tritt Knecht Ruprecht
in der Mitternachtsstunde, wenn es zu Nordstemmen 12 geschlagen
hat, in einem Schritte von Nordstemmen über die Leine.
Er ist ganz weiß gekleidet, seine Kopfbedeckung hat eine
Zuckerhutähnliche form und ist aus weißer Seide verfertigt,
wie überhaupt sein ganzer Anzug aus weißer Seide besteht,
nur sein Beinkleid ist aus weißem Hirschleder verfertigt.
Seine Stiefel gehen weit über die Beine und sein weißer
Bart reicht tief herunter. Er zieht, nachdem er über die
Leine vor den Marienberg getreten ist, einen silbernen
aus der Tasche, schlägt mit demselben 3 mal an den Berg

Die erste Seite vom Originaltext des Märchens
»Die Zwerge im Berge der Marienburg«

nicht wieder, sonst wehre ich mich.« Der Zwerg aber blieb ruhig und über eine Weile steckte er ihm wieder den Stock zwischen die Beine und er kam aufs Stolpern, doch ermannte er sich und kam wieder auf die Füße, erhob seinen dicken Stock und zog dem Zwerge 3 Hiebe über die Schultern, wie weiland der heilige Conradus Sanctus dem Teufel im Hückedahle (8) zu Hildesheim. Schnell, wie vom Blitz getroffen, wurde Thomas zu Boden geworfen, der Zwerg nahm ihn unter einen Arm und lief mit ihm in ein Fuchsloch.

Es war für Thomas eine unbehagliche Reise durch dies entsetzliche Fuchsloch, und er dachte, du siehst die Oberwelt nicht wieder. Mit einem Male öffnete sich eine große Thür, Thomas wurde auf seine Füße gestellt, und er befand sich in einem großen Saale, dessen Pracht kaum zu beschreiben war. Gold, Silber, Edelsteine funkelten ihm entgegen und hunderttausend Kerzen gaben das Licht. Jezsd öffnete sich hinten eine Thür und ein Großvater der Zwerge trat herein mit brocatenem Anzuge: kurzem Beinkleide, weißen Strümpfen, Schuhen mit Schnallen und weißer Zipfelmütze. Ehrerbietig nahte er sich Thomas und sagte: »Nimm es uns nicht übel, wenn wir dich so unfreiwillig hierher beschieden haben, denn dein berühmter Wippetanz ist auch zu unseren Ohren gekommen und wir bitten dich recht herzlich, uns denselben und noch einige andere Tänze vorzuspielen, es soll dir reichlich vergolten werden. Zuerst nimm Platz und erquicke dich«, und Thomas wurde an eine Tafel geführt, worauf 10 gebratene Ochsen von der Größe eines Maikäfers standen und 10 Flaschen Wein, wovon jede Flasche die Größe eines Fingers hatte. Der Großvater sagte: »Nimm es nicht übel, Thomas, wenn wir dir nichts größeres bieten, es ist uns nach unserm Maaße nicht größer beschieden, wir haben alles in kleinem Maaßstabe, ausgenommen getrocknetes Obst, welches wir von der Oberwelt stehlen. Nun iß, lieber Thomas, du sollst doch satt haben.« Thomas aß und trank und es schmeckte ihm vortrefflich. Es kamen nun noch 9 Gänge, jeder Gang mit 10 gebratenen Hirschen, Schweinen, Rehen, Hasen und Geflügel in schon genanntem Maaßstabe, und jedes Mal standen 10 Flaschen verschiedener Weinsorten dabei; Als Thomas satt war, sagte der Großvater: »Nun spiele mal Einen auf der Geige« und Thomas that es; aber wie entsetzte sich der Großvater, als er den ersten Ton hörte und wurde immer mehr entzückt, je länger Thomas spielte. Und bald hörte Thomas ein Huschen als wenn 1000 Personen tanzten im Nebensaale. Nachdem Thomas eine kurze Pause gemacht hatte, mußte er abermals einen Tanz auf der Clarinette blasen. Aber o Himmel, es knallte so gewaltig, so daß der Großvater fürchtete, die Diamantendecke würde einstürzen. Nachdem dieser Tanz aus war, sollte er einen dritten auf der Trompete spielen und darauf den berühmten Wippetanz. Thomas aber weigerte sich und sagte: »Wenn ich keine Tänzer sehe, so mag ich nicht weiter spielen.« Da wurde eine Thür geöffnet und Thomas wurde in den großen Tanzsaal geführt, wo er 2000 Paar, 1 1/2 Fuß große Herren und 1 Fuß große Damen tanzen sah. Und das alles in solcher Pracht, wie sie die Oberwelt gar nicht bietet. Es flimmerte vor seinen Augen das blendende Licht, und die Pracht der Edelsteine und der Glanz des Goldes war gar nicht zu beschreiben. »Jezsd lieber Thomas blase mal die Trompete, angetreten«, sagte der Großvater, und 2000 Paar rüsteten sich. Thomas setzte die Trompete an den Mund, und als er den ersten Windstoß hinein ließ, erschallte solcher Ton, gleich der letzten Posaune, daß alle Tänzer vor Entsetzen auf ihren Rücken fielen. »Richtet euch wieder auf, Kinder«, rief der Großvater, »stehet fest und setzt euch mit dem linken Fuße zur Wehr, dann wird es schon gehen.« Es geschah so und ging. Aber solche Töne hatte Thomas seinem Instrumente noch nie entlockt und solche Tänzer in dieser Pracht hatte er auch noch nie gesehen. Nun kam der berühmte Wippetanz an die Reihe. Thomas belehrte erst seine Tänzer und noch nie hatte er so kluge Schüler gehabt als hier. Er blies diesen herrlichen Tanz auf der Flöte und die 2000 Paar tanzten ihn mit einer Grazie, daß alle Zwerges-Großväter und Großmütter Freudenthränen weinten über die Geschicklichkeit ihrer Kinder und Großkinder und der älteste Großvater sagte zu Thomas:

»Wer trefflich viel gesehn, gehört
Von wichtig, hohen Sachen,
Viel tausend Bücher umgekehrt,
Und weiß, was Könige machen
Hingegen aber doch nicht kennt
des guten Thomas Instrument
der ist ein dummer Schlingel.«

Jetzt war es 2 Uhr und Thomas mußte Abschied nehmen. Zuvor aber wurde ihm die häusliche Einrichtung sowie auch die Einrichtung der Fabriken gezeigt, worüber Thomas sehr erstaunte. Er empfahl sich bei seinen

Tänzern und der Großvater führte ihn in den vorigen Saal, gab ihm eine gute Belohnung und sagte: »Thomas, nimm deiner Frau gebratene Zwetschen mit«, wozu er auch bereit war, und alle seine Taschen vollstopfte. Jezsd legte er sich auf die Seite, der oben erwähnte Zwerg nahm ihn unter den Arm und trug ihn wohlbehalten durch das Fuchsloch und nahm dann freundlich Abschied.

Jezsd war Thomas wieder an die Luft gesetzt und ging wohl gestärkt auf Wülfinghausen (9) zu. Je näher er aber dem Orte kam, desto schwerer wurden ihm seine Taschen, und als er vor dem Pagendahle (ein Berg vor Elze) war, konnte er kaum noch gehen. Er faßte in seine Tasche, nahm eine Hand voll Zwetschen heraus, besah sie, und siehe, es waren lauter Goldstücke. Es war am Morgen um 3 Uhr und das Mondlicht leuchtete helle. Er griff in die andere Tasche – alles war Gold. Den Pagendahl (10) hinaufsteigend, kam der Teufel in sein Herz und er dachte, nun kannst du ja ganz Elze kaufen. Indem er so dachte, stand er vor dem verschloßenen Thore (11), denn damals war Elze eine Festung (12). Stark anklopfend, rief er mit lauter Stimme seinem Freunde, Hans Storren (13), Thorschreiber zu Elze (14) zu: »Hans, Hans, mache auf«, doch Hans hörte nicht. Endlich, nachdem fast der obere Stadttheil aus süßem Schlummer geweckt war, erwachte auch Hans, zündete seinen Leuchter an, ging dann hin und öffnete Thomas das Thor. Thomas' erstes Wort war: »Hans, wie viel sollte Elze wohl kosten? Ich will es kaufen.« Hans glaubte, Thomas wäre nicht bei Sinnen und sagte: »Du bist wohl ein Narr.« Thomas aber griff mit beiden Händen in die Taschen, links und rechts, und hielt nun die gefüllten Hände Hans vor die Augen und sagte: »Hergesehen«, und als Hans hinsah, sah er lauter Pferdedr...k (15).

* * *

(1) ... *einer Matrone* ...
Umgangssprachlich bezeichnete man als Matrone (v. lat.: *matrona*) eine meist ältere Frau. Karl Seifart (1854), der die Sage von dem Musikanten im Zwergenloch zuerst veröffentlichte, bedankte sich im Vorwort bei der »alten, frommen Sanderin«, die ihm die Sage von Johannes Meier erzählte. Gut möglich, dass es sich bei der Matrone um dieselbe Erzählerin handelte.

(2) *einen silbernen*
Hiermit ist eine Silbermünze gemeint. Der Volksmund bezeichnete im 19. Jahrhundert einen Reichstaler auch als einen »Silbernen«. Reine Silbermünzen gab es seit dem Münzvertrag in dieser Zeit nur relativ kurz (in den Jahren von 1857 bis 1873). Mit dem starken Verfall des Silberpreises sah man sich in Deutschland gezwungen, die Goldwährung wieder einzuführen. Vgl. Friedrich Freiherr von Schrötter: Wörterbuch der Münzkunde. Berlin und Leipzig 1930, S. 636. Siehe auch Jacob u. Wilhelm Grimm: Deutsches Wörterbuch, Bd. 10, Leipzig 1905, Sp. 1026f. s.v. »silbern«.

(3) *»... Kieschen gah upp«*
Hier ist mit Kies = der Kieselstein gemeint. Volksmund für »Stein, geh auf« oder »Fels, öffne dich«!

(4) ... *über die großartigen Fabriken* ...
Mit dem Wort »Fabrik« benannte man zu dieser Zeit eine Werkstatt oder Kunstanstalt, in der Waren von mehreren Arbeitern für den Markt und nicht auf Bestellung verfertigt wurden – keinesfalls gemeint ist eine Fabrik im heutigen Sinn, in der die Produktion weitgehend maschinell abläuft.

(5) ... *der selige Stadtmusikant Thomas Meier* ...
Thomas Meier ist eine erfundene Figur in Anlehnung an die Sage »Der Musikant im Zwergenloche bei Hildesheim«, in dem ein

Spielmann mit dem Namen »Johannes Meier« vorkommt. (Niedersachsens Sagenborn), Bd. 1 (1949), S. 111 (Nach Karl Seifart; Sagen usw. 1860). In Elze gab es »Stadtmusikanten«, also Musiker, die von der Stadt fest angestellt waren, nur bis 1818. Die Aufgabenbereiche von Stadtmusikanten waren streng geregelt; man versuchte so, evtl. Saufgelagen Einhalt zu gebieten. Siehe hierzu Huck 1992, S. 182f. In Elze ist kein Musiker aus dem 19. Jahrhundert mit dem Namen Thomas Meier belegbar. Es gab aber bekannte Musiker und auch Orgelbauer, deren Ruf auch zur Marienburg vorgedrungen war. Zu dieser Zeit taten sich in Elze beispielsweise die vier Gebrüder Sanders als private Musikanten hervor. Von ihnen war Ludwig Sanders (1827-1902) der Großvater des späteren preußischen und hernach niedersächsischen Kultusministers Dr. h.c. Adolf Grimme (1889-1963).

(6) ... *sehr berühmt durch seinen neu erfunden Wippetanz.*
Bei dem Wippetanz handelt es sich sehr wahrscheinlich um die so genannte »Nordstemmer Quadrille«, deren Noten auch überliefert sind. Der Tanz wurde zu dieser Zeit auch getanzt. Siehe hierzu:« Die Zwerge im Marienberge« nach Wilhelm Barner: Hoike. Sagen und Erzählungen aus dem Hildesheimer Wald und Iht. Schriftenreihe des Heimatmuseums Alfeld Nr. 7, 1960, hier S. 101 »Nordstemmer Polka« (von Hermann Müller abgeschrieben aus der Sammlung von K.F. Nölting). Und: Franz Steinbrecher: »Der Elzer Klapptanz«. In: Volkslied, Kinderlied und Tanz im Raume zwischen Hildesheimer Wald und Ith (Schriftenreihe des Heimatmuseums Alfeld Nr. 18; ohne Jahr, erschienen bald nach 1960), S. 118f. Vgl. auch: Heinrich Bartels: Nordstemmen von der Vorzeit bis zur Gegenwart. Eine Ortschronik. Hrsg. von der Volksbank Leinetal eG, Burgstemmen 1984, S. 100.

(7) ... *Serenissimus*
Gemeint ist hier der Herzog zu Braunschweig und Lüneburg. Als Serenissimus = Durchlauchtigst ließen sich allgemein Kurfürsten, Erzherzöge und altfürstliche Häuser bezeichnen (siehe Heinrich Otto Meisner: Urkunden – und Aktenlehre der Neuzeit, 2. Auf-

lage. Leipzig 1952, S. 158. Die Herzöge zu Braunschweig und Lüneburg regierten das Fürstentum Calenberg. Sie hatten bereits gegen Ende des 13. Jahrhunderts die Burg Calenberg in der Leine-Niederung erbaut (1690 abgebrochen), fassten aber erst richtig Fuß im Land zwischen Deister und Leine mit dem Erwerb der Grafschaft Everstein 1408, der Edelherrschaft Homburg 1409 und der Grafschaft Hallermunt 1411. Es entstand das Fürstentum Calenberg, das von einer Nebenlinie der Welfenfürsten und später auch in Personalunion mit dem Fürstentum Braunschweig-Wolfenbüttel regiert wurde. Vgl. Werner Spieß: Die Großvogtei Calenberg. Göttingen 1933 (= Studien und Vorarbeiten zum historischen Atlas Niedersachsens, 14. H.), S. 28-44.

(8) *Der heilige Conradus Sanctus dem Teufel im Hückedahle zu Hildesheim.*
Hückedahl heißt in Hildesheim die Straße östlich vom Dom, eine Verlängerung des Bohlweges nach Süden. Die hier erwähnte Erzählung vom »Conradus sanctus« fußt auf der Sage »Der Teufel auf dem Domschenke«. Vgl. Niedersachsens Sagenborn, 7. Auflage. Hildesheim 1949, S. 119-120 (nach Karl Seifart 1860).

(9) ... *auf Wülfinghausen zu.*
Die Bezeichnung Wülfinghausen ist falsch. Gemeint ist das Dorf Wülfingen, durch das man, vom Marienberg nach Elze reisend, kommt. Es gibt ein Kloster Wülfinghausen, das im anderen Märchen eine Rolle spielt, sodass der Autor beim Schreiben hier vielleicht die Namen verwechselte.

(10) *Den Papendahl hinaufsteigend, ...*
Der Papendahl ist eine kleine Erhebung, der Stadt Elze vorgelagert. Der Name Papendahl setzt sich zusammen aus Pape = Pfaffe und dal = Tal (»dal« als adv. »nieder, herunter«). Der Papendahl hat eine Hanglage. Man könnte also sagen; »Von baven dale beth uppe den grund« (von oben herunter bis auf den Grund); vgl. Karl Schiller u. August Lübben: Mittelniederdt. Wörterbuch 1. Bd. Neudr. Schaan/Liechtenstein 1981, S. 476.

Dem Volksmund nach soll der Elzer Pfarrer Konrad (so nach 1302 bezeugt) auf dem Papendahl gehaust haben, bevor er sich der mönchischen Gemeinschaft anschloss, die sich zwischen 1290 und 1297 gebildet hatte, 1316 vom Bischof von Hildesheim verschiedene Vorrechte erhielt und 1328 in das Augustinerchorherrenstift Wittenburg umgewandelt wurde. Vgl. hierzu Richard Drögereit: Wittenburg. In: Handbuch der Historischen Stätten Deutschlands, 2. Bd., 3. Aufl. (Stuttgart 1969), S. 499-500. Am Papendahl wurde früher in mehreren Steinbrüchen Trochitenkalk abgebaut. Siehe: Adolf Hoffmann: Erläuterungen zur Geolog. Karte von Preußen u. benachbarten deutschen Ländern, hrsg. von d. Preußischen Geologischen Landesanstalt, Liefer. 265 Blatt Elze. Nr. 2089, Gradabt. 41, Nr. 51. Berlin 1927, S. 5). Vom Mittelalter bis 1824 diente der Papendahl als Bleiche und dem Flecken, seit 1614 Elze, als weithin sichtbare Richtstätte. Spätestens seit 1886 bestand zu Elze ein »Verein für Verschönerung der Anlagen im Papendahl«. Zuletzt sorgte ein »Städt. Verschönerungs-Komitee« für eine Bewaldung der vorher kahlen Erhebung, ferner für Anlage von Wegen und 1893 auch für einen Pavillon zum Wetterschutz der Spaziergänger.

(11) ... *stand er vor dem verschlossenen Thore,*
Gemeint ist hier das sogenannte Schmiedetor in Elze.

(12) ... *denn damals war Elze eine Festung.*
Von einer Festung konnte in Elze nie die Rede sein, nur von einer befestigten Stadt. Die Elzer Befestigung entstand erst allmählich. 1417 wurde das Löwentor im Süden gebaut (NS Wolfenbüttel: Landschaftsbil. 3151, H.1, S.14-25). Etwas später baute man das im Märchen benannte Stadttor, das Schmiedetor. Es wurde erstmals erwähnt im Zehntregister der Pfarrei Elze von 1530. (Siehe: Ev.-luther. Pfarrachiv: A 430). Anfangs gab es nur zum Schutz des Fleckens einen Pfahlzaun, später Graben und Wall. Ab 1585 ersetzte man den Ringzaun durch einen Stadtmauer.

(13) ... *Hans Storren.*
Der Name eines Torschreibers Hans Storre(n) ist in Elze vom Spätmittelalter an bis in das 19. Jahrhundert hinein nicht nachzuweisen, nur in den benachbarten Dörfern Nordstemmen und Wülfingen (jeweils zumindest im 17. Jahrhundert.). Es kann sich hierbei auch um eine Anspielung gehandelt haben. Denn das Geschlecht der von Storren, ein altes Ratsgeschlecht aus Hildesheim und seit 1745 Reichsadel, diente den Fürsten zu Braunschweig-Lüneburg.

(14) ... *Thorschreiber zu Elze.*
In Elze hat es nur Stadtpförtner gegeben, nie eigene Torschreiber. Hier saßen in den Pforthäusern am Schmiedetor im Norden und am Löwentor im Süden je ein Stadtpförtner, der selbstverständlich auch die Papiere der Durchreisenden zu prüfen und dieses und jenes für die Stadtobrigkeit aufzuschreiben hatte. Nach dem großen Elzer Stadtbrand von 1824 wurden die Stadttore dann beseitigt.

(15) ... *Pferdedreck.*
Auch Pferdemist, Pferdeäpfel. Der Erzähler des Märchens schreibt das Wort, wohl um den Anstand zu wahren, nicht aus. In der von Karl Seifart (1854) erzählten Variante des Märchens findet der Musikant in den Taschen verschrumpelte Früchte.

Das Schloss der Künste
Das malerische Gesamtprogramm:
»*Wahrheit in der Kunst*«

Der Kampf und das Ringen des Künstlers um Wahrhaftigkeit in seiner Kunst sind ein uraltes Thema der Kunst selbst. Der Weg dorthin, der sich im Leitspruch der Marienburg »Durch Nacht zum Lichte« ausdrückt, beschreibt das aufrichtige Mühen, dem sich ein Künstler stellen muss, denn jedes neues Werk verlangt ihm – gleich einer Gralssuche – sein Innerstes ganz ab.

Überall im Schloss sind in den Wandbildern beziehungsreiche Anspielungen auf das Thema der »wahren Kunst« zu finden. Das neue Konzept entwickelte der Architekt Edwin Oppler gemeinsam mit Königin Marie. Das Ausstattungsprogramm sollte im Sinne eines Gesamtkunstwerks das ganze Schloss durchziehen. Es begann in der Eingangshalle mit dem Deckengemälde der acht Allegorien der Künste und hatte in der Empfangshalle, der sog. Morning-Hall mit dem Kyffhäuser-Sagenkreises einen ersten Höhenpunkt. Weiter gehörten die Medaillon-Bilder der Minnesänger der Bibliothek der Königin zu diesem Programm. Auch für die Ausmalungen und Dekoration des Ritter- und Speisesaales können beziehungsreiche Dekorationen rekonstruiert werden. Vor allem die Thematik des berühmten Sängerwettstreits auf der Wartburg sollte die Dekoration der Festsäle bestimmen. Die umfangreichen Gemäldezyklen sollten durch das besondere funktional-gotische Design der Ausstattung und die erlesenen Kunstsammlungen unterstrichen und ergänzt werden.

Die »Morning-Hall«, der große Empfangssalon, sollte mit seinen großformatigen Wandgemälden, mit seiner auffälligen Deckenkonstruktion und einer reichgeschnitzten hellen Wandtäfelung den Besucher in seinen Bann ziehen. Der Maler Otto Knille verpflichtete sich, »den schlafenden Barbarossa, den Getreuen Ekkehard, den Knaben mit der Wunderblume, Venus und Tannhäuser« zu malen.[106]

Beeindruckend waren die großen Bilder von Venus und Tannhäuser sowie Friedrich Barbarossa im Kyffhäuser, die Knille auf der einsamen Marienburg nach der Flucht der Königlichen Familie ins Exil ausführte.[107] Er malte die Bilder nicht wie vertraglich festgeschrieben als Fresken, sondern auf große Marmortafeln, die einen flexibleren Umgang mit den Bildern erlaubten. In seinem großartigen Wandbild »Tannhäuser und Venus« beschrieb er den alten Kampf, den der Künstler gegen »Frau Venus«, die symbolisch die körperliche Liebe darstellt, kämpfen muss. Der Künstler muss sich entscheiden: Widmet er seine Kraft der Kunst oder der Liebeslust? Otto Knille malt die dramatische Szene in der Grotte der Venus nahe der Wartburg. Hier steht der Tannhäuser vor der dramatischen Entscheidung: hohe Kunst oder menschliche Liebe.

Es gelingt Tannhäuser nur mit aller Kraft, sich von der Liebesgöttin loszureißen und zum Sängerwettstreit auf der Wartburg zu eilen. Das Gemälde, das Knille auf eine Mamortafel malte, wurde erst einmal zum Skandal: »Zu nackt« befand ein übereifriger Beobachter, der Königin Marie ins österreichische Exil berichtete, dass Knille eine großformatige nackte Frau gemalt habe. Dabei hatte Knille nur den alten künstlerischen Weg beschritten, erst die Figuren nackt, anatomisch korrekt zu malen und anschließend die Kleidung hinzuzufügen. Allerdings bedingte das Thema der Liebesgöttin Venus natürlicherweise auch etwas nacktes Fleisch. Knille schrieb einen eindruckvollen Brief an Königin Marie, in dem er sein Vorgehen rechtfertigte. »*So habe ich den Oberkörper meiner Venus (sie ist im Profil, etwas vom Rücken dargestellt) völlig unbekleidet gelassen und nur die untere Hälfte ihrer Gestalt mit einem reichen Gewand bedeckt. In der Untermalung hat dies Gewand gefehlt, weil es mich bei der Bewegung der Figur gestört haben würde, möglich daß der unbekannte Berichterstatter das Gemälde in jenem Stadium gesehen hat und bei seinem Anblicke einen sittlichen Schnupfen davon getragen hat, welcher zu Beunruhigung der hohen Frau ... zum Ausbruch kommen sollte.*« Knille erläuterte weiter seine Darstellung der Szene in einem Brief an die Königin im Exil: »*Der fragliche Gegenstand stellt in den Figuren von Tannhäuser und Venus einen jungen Dichter dar, der sich, höherem Zweck zu dienen, den Armen der Liebe entwindet. Die zärtliche Situation ist hier*

Der alte Kampf zwischen Eros und Kunst. Tannhäuser reißt sich von der Liebesgöttin Venus los und ergreift seine Harfe um nach der Wartburg zum Sängerwettstreit zu eilen. Otto Knille malte um 1867 diese dramatische Szene in der Morning-Hall der Marienburg

nicht Zweck, sondern Mittel, den Sieg des Jünglings hervorzuheben, der ohne eine reizende Venus und einen sinnbestrickenden Venusberg verdienstlos sein würde. Es ist also das sittliche Prinzip, dessen Triumph dargestellt wird ... Ich stelle Tannhäuser dar, wie er sich von der stehend zu ihm geneigten Geliebten mit hoch erhobener Harfe losreißt.«[108]

Knille sollte das gleiche Bildthema wenig später in Berlin noch einmal aufgreifen. Als es erstmals ausgestellt wurde, war es sofort die künstlerische Sensation. Das preisgekrönte Gemälde galt als so gelungen, dass die Berliner Nationalgalerie es direkt ankaufte. Das Gemälde wurde vielfach reproduziert und kopiert und wanderte in zahlreiche deutsche Wohnzimmer der Gründerzeit. Die zweite Version kann heute eine Vorstellung davon geben, in welcher Pracht und Farbigkeit die Ausstattung der Morning-Hall gedacht war.

Das ehemals gegenüberhängende Wandgemälde zeigt den im Kyffhäuser schlafenden Kaiser Friedrich Barbarossa. Das Bildthema ist ein Sinnbild der Sehnsucht der Erneuerung des Reiches. Das Symbol der nationalen Hoffnung verkörpert hier weit mehr. Der schlafende Kaiser ist ein Symbol der ruhenden Kräfte, die stets bereit sind und auf bessere Zeiten warten, um dann unberührt durch die Jahrhundert mit alter, sagenhafter Kraft das Gute zu bewegen. Knille schrieb zu diesem Bild in einem Brief: »*Mein neuster Friedrich Barbarossa – es ist Friedrich IV. – gefällt ihm (d.h. dem Bauleiter Petersen) sehr, und was viel wichtiger und viel schwerer ist, er gefällt auch mir. Petersen behauptet, jeder Zoll sei nun ein Kaiser, das macht ungefähr 84 Zoll quadrat Kaiser.*«[109]

Der schlafende Friedrich Barbarossa im Kyffhäuser symbolisiert den Traum von einer besseren Welt und einer nationalen Einheit. Otto Knille malte um 1867 das Pendant zu Venus und Tannhäuser auf Mamorplatten, die in die Wände der Morning-Hall eingelassen waren.

Auch das Gemälde »*Knabe mit der Wunderblume*« greift eine alte Thematik der Kunst auf. Denn die »*blaue Zauberblume*« (auch: *Wunderblume*) verkörperte die Naturposie, die im Gegensatz zur Kunstposie gesehen wurde. Ein Zurück zur Natur, zu den

Der Knabe mit der Wunderblume, Skizze für ein Wandgemälde in der Morning-Hall. Die geheimnisvolle blaue Zauberblume erlaubt dem Hirten einen Schatz zu finden. Skizze von Otto Knille, um 1866

Wurzeln wurde von der Kunst gefordert und der Mensch sollte wieder in ein unbefangenes Verhältnis zur Natur treten. Hier half ihm der Zauber der »Wunderblume« auch »*die blaue Blume der Romantik*« genannt.[110]

Das Märchen des Kyffhäuser-Sagenkreises erzählt die Geschichte des Hirten: Dieser findet auf wundersame Weise eine blaue Blume. Sie ermöglicht ihm einen ganz neuen Blick. Er sieht plötzlich mehr, und wunderbarerweise begegnet ihm ein Zwerg, der ihn in die geheime Unterwelt der verborgenen Schätze um den schlafenden Barbarossa geleitet. Reich beschenkt kehrt der Hirte zurück. Leider hat er in der Höhle die geheimnisvolle Blume verloren und die vergebliche Suche nach dieser Blume auf des Berges Höhen wird sein Leben fortan bestimmen.

In diesem Märchen wird die Sehnsucht der Romantik nach dem Glück, das immer auch das Suchen nach der schönen Seele ist, greifbar. Die blaue Blume ist von alters her das Bild für das unablässige Streben der Kunst nach Zugang zum Übersinnlichen. Mit Hilfe der Zauberblume wird es möglich, über die Grenzen der normalen sinnlichen Erfahrung hinweg nach einer höheren Bewusstheit zu gelangen. Hier ist es dem Künstler dann möglich, wahrhaftig seelen-inspiriert zu schaffen.[111]

Die Minnesänger: »Hilf Gott mein Recht bestreiten!«

In der Bibliothek der Königin verherrlicht das malerische Programm die Dichtkunst, Literatur und deutsche Sprache. Carl Gottlieb Merkel, ein aus Kassel stammender Künstler, malte die Medaillons.[112] Sechzehn Rundbilder im Deckenspielgel des Sterngewölbes zeigen ausgewählte Größen, so auch Dichter der Hochblüte der höfischen Kunstdichtung des 13. Jahrhunderts. Besondere Bedeutung kommt der Bibel als »Buch der Bücher« zu. Vervollständigt wird das malerische Programm durch die Inschriften der Schlusssteine, die Zitate der Werke der Autoren schmücken: So begleitet das Medaillon des Wolfram von Eschenbach die Inschrift »Durch Liebe Leid verhüte«,[113] ein Hinweis auf die Schlüsselszene seines berühmten Kunstepos Parzifal.[114] Ergänzt wird das Programm durch die großen Schmuckbuchstaben an der Mittelsäule, deren Worte: GLAUBE – LIEBE – HOFFE auf die christlichen Tugenden verweisen. Die blaue Decke symbolisiert hier auch das Himmelsgewölbe, ein Eindruck, der durch die feinen gotischen Formen eine sakrale Atomsphäre erhält. In ihm sind die deutschen Größen wie in einem Ehrentempel versammelt.

Die Inschrift des *Minnesängers* Conrad von Würzburg lautet »*Hilf Gott mein Recht bestreiten*« und bezieht sich auf sein Werk »*Die Klage der Kunst*«. In seiner allegorischen Schilderung führt die Kunst Klage vor einem Schöffengericht über die schlechte Belohnung, welche der wahren Kunst zuteil wird, und bekommt ihr Recht auf mehr Freigebigkeit zugesprochen.[115] Hier wird der

Die Medaillonbilder der Minnesänger von Walther von der Vogelweide und Wolfram von Eschenbach. Ausgeführt von Beissner, um 1866

Widerspruch, der alles künstlerische Schaffen begleitet, dass die Arbeit selten wirklich angemessen bezahlt wird, fein kritisiert.

Die Darstellung der »*Minnesänger*«, insbesondere der Dichter des 13. Jahrhunderts, ist hier im Zusammenhang mit der Ausmalung der Räume des Rittersaales und der *Morning-Hall* zu sehen, deren Wandfresken inhaltlich den Minnesang, insbesondere im Zusammenhang mit dem Sängerwettstreit auf der Wartburg, thematisieren.

Weitere Märchenbilder

Der Erker im Salon der Prinzessinnen, der als Ort des gemütlichen Plauderns und Beisammenseins entworfen wurde, schmücken die Szenen der Märchen *Schneewittchen* und *Dornröschen*. Der Erker war besonders farbig gestaltet. Das fröhliche Licht- und Schattenspiel entsteht durch die feinen Muster der Schmuckverglasungen und die durchbrochen geschnitzte Schleierarkade. Hier kommen die bunten Märchenbilder, die die Innenseiten des Erkers und des Durchgangs schmücken, gut zur Geltung. Carl Gottlieb Merkel malte die Märchenszenen im heimischen Kasseler Atelier auf dünne Holzplatten und ließ diese dann nach der Marienburg schicken.

Schneewittchen und *Dornröschen* sind beides Märchen, in denen eine Prinzessin die Hauptrolle spielt. Die Entscheidung, *Schneewittchen* zu malen, dürfte vom Künstler getroffen worden sein, weil sich dadurch die Gelegenheit bot, wieder Zwerge zu malen. Sind doch Zwerge eines der Lieblingsmotive der Marienburgausstattung.

Getreu der Leitlinie »Wahrheit in der Kunst« sollte im Salon der Prinzessinnen auch nach außen ablesbar werden, dass der Salon als gemeinschaftlicher Raum für beide Schwestern genutzt wurde. So war auch die ursprüngliche Möblierung in Paaren ausgeführt, wie die beiden großen Prunkvitrinen, die einander gegenüber standen, eindrucksvoll zeigen.

Maler Merkel versetzte die Märchenszenen in eine mittelalterliche Welt, die im Vergleich zu anderen zeitgenössischen Märchendarstellungen wie denen Moritz von Schwinds keinen wirklichen Versuch einer historisch korrekten Beschreibung darstellen, sondern eine reine Fantasiegotik mit Anklängen an die *moderne Neugotik* abbilden. So könnten Teile des von Merkel gemalten Mobiliars aus den Räumen des Schlosses stammen. In diesen Malereien kommt der eigene Stil Merkels, der vor allem als Buchillustrator arbeitete, zum Vorschein. Im Vergleich zu seinen anderen Malereien für die Marienburg, so beispielsweise die Minnesänger der *Bibliothek der Königin*, wählte Merkel für seine Märchenfiguren die Darstellung mit überzogenen Charaktermerkmalen und überbetonten Gesten. Diese Form der »Verniedlichung« der Malereien kann bewusst in Hinblick auf die Ausmalung eines Kinderzimmers gewählt worden sein und lässt hier unter anderem einen der Vorläufer der Comicfiguren des 20. Jahrhunderts erkennen.

Bergmann sah seinen Bilderzyklus des »Neuen Märchens«, »*Das Märchen vom Marienberge*«, im großen Zusammenhang der Neugestaltung der Marienburg im Stil der Reformgotik: Durchdacht schrieb er ein Märchen, passend für das neue ikonologische Gesamtprogramm. Sein Märchen schuf eine fiktive Gründungslegende, die in der Glanzzeit des Mittelalters spielen sollte. »*Das*

Der Hochzeitstanz aus dem Märchen »Schneewittchen«. C.G. Merkel malte die Szene auf eine dünne Holzplatte, um 1864.

Märchen vom Marienberge« handelt von der »Wahren Kunst«. So wurde die Forderung der dogmatischen Neugotiker nach »Wahrheit in der Kunst!« hier zu einem symbolischen Bild umformuliert: Dem Zauberhammer des Heiligen der Künste, des Heiligen Bernwards. Dieser Hammer kann untrüglich beweisen, dass nur wahre Kunst Bestand hat und sie wird im Märchen neben die wahre Liebe gestellt.

Leben und Werk
des Maler-Restaurators Georg Bergmann
»Das Farbenspiel der Seele«[116]

Georg Bergmann wird heute vor allem für seine Verdienste als Maler-Restaurator und Denkmalpfleger gesehen. Vor allem die fruchtbare Zusammenarbeit mit Conrad Wilhelm Hase, der sich für den Erhalt der Baudenkmale der Stadt Hildesheim einsetzte, rettete der Stadt das bedeutendste Denkmal: die Kirche »St. Michael«. Für ihren Kampf um den Erhalt der Baudenkmale würdigte sie im Jahr 1888 die »Deutsche Bauzeitung«: »*Unter den Künstlern denen bei ihren Arbeiten das Hauptverdienst zufällt, stehen Conrad Wilhelm Hase in Hannover und der in dem Jahr 1870 verstorbene Maler Bergmann in erster Reihe.*«[117]

Kindheit

Sein umfangreiches Wissen erhielt Georg Bergmann in seinem Elternhaus – einem liebevollen und höchst anregenden Umfeld, in welchem er von seinem Vater für Fragen der Kunst, Geschichte, Philosophie, Literatur und moderner Medizin sensibilisiert wurde. Georg wuchs in einer der interessantesten Familien Hildesheims auf. Auch wenn über das Leben des Malers wenig bekannt ist, lässt sich durch das gut dokumentierte Leben seines berühmten Vaters, des Medizinalrats Gottlob Heinrich Bergmann (1781-1861), einiges rekonstruieren.

Dr. Heinrich Bergmann war der Gründer und erste Direktor der neuen Hildesheimer Heil- und Pflegeanstalt.[118] Er setzte sich in seiner Arbeit ein Leben lang für eine humanere ärztliche Therapie der geistig Erkrankten ein und trieb die Entwicklung der deutschen Psychiatrie zu einem Fach der modernen, naturwissenschaftlichen Medizin voran. Dr. Bergmanns Spezialgebiete umfassten die Hirnforschung und die klinische psychopathologische Arbeit. Er hatte seine Arbeit mit psychisch Kranken in Celle begonnen. Hier leitete er seit 1806 das Zucht- und Tollhaus. In der Celler Anstalt aus dem Jahr 1731 herrschten harte Bedingungen, denn die einzige Unterbringungsmöglichkeit für seelisch Kranke im ganzen Königreich Hannover war viel zu klein, sodass ständige Überbelegung herrschte. Damals war es üblich, psychisch Kranke einfach mit Kriminellen in Gefängnissen einzusperren. Die Strafgefangenen waren mit der Pflege der Kranken betreut und erhielten später Haftnachlass für eine »*treue Wartung der Wahnsinnigen.*«

Dr. Bergmann, seit 1821 Hofmedicus, kämpfte entschieden für eine menschenwürdigere Betreuung der Kranken. Immer wieder forderte er den Bau einer neuen Anstalt, die endlich eine Trennung der Kranken von den Gefangenen ermöglichen sollte. Die »*Zahl der Kranken sei nicht gering ... es sei so wie gekommen, dass man 50 und mehr Kranke vermischt mit Verbrechern und Züchtlingen in einer kleinen Kammer habe zusammensperren müssen, ein Übelstand, der nicht nur in moralischer Hinsicht für jene bedauernswerte Menschenklasse die verderblichsten Folgen habe, sondern auch die Mittel erschwere, wodurch solchen Geisteskranken zur Herstellung ihrer Gesundheit und zur Rückkehr ihrer Vernunft verholfen werden könne.*«[119] Es sollte jedoch Jahre dauern, bis seine Vorschläge endlich umgesetzt wurden. Auch privat waren die Jahre in Celle für den jungen Arzt sehr erfolgreich. Er trat der Freimaurerloge bei. Zu seinem Freundeskreis gehörten mehrere Schriftsteller, so auch der Dichter Ernst Konrad Friedrich Schulze, der später durch sein Märchen »*Bezauberte Rose*« bekannt wurde.[120] In Celle wurde der Sohn Georg am 9. April 1819 als fünftes Kind geboren und auf den Namen Ernst Georg Diedrich getauft.

Durch dieses Umfeld erhielt Georg schon früh vielseitige literarische Anregungen, von denen er später einige Themen in Gemälden umsetzten sollte. Georg und seine Geschwister besuchten nicht die öffentliche Schule. Sie erhielten Hausunterricht.

Im Jahr 1827 zog die Familie nach Hildesheim, denn endlich hatten die Appelle des Arztes, eine neue Staatsanstalt für geistig Kranke zu bauen, Gehör gefunden. Um Kosten für einen Neubau zu sparen, beschloss man den Umbau des ehemaligen Michaelisklosters in Hildesheim. Die Klostergebäude hatten zuletzt als Strohlager und Lazarett gedient. Dr. Bergmann wurde mit der medizinischen Leitung der ersten »*Heil- und Pflegeanstalt*« im Königreich Hannover betreut und beaufsichtigte die Planungen des Umbaus der alten Klostergebäude. Mit Enthusiasmus entwickelte er modernste Konzepte für eine Unterbringung der Kranken. Um auf den neuesten Stand des Anstaltsbaus zu kommen, unternahm er Studienreisen zu den modernen, menschenwürdigeren »Irrenanstalten« in England und Frankreich.

Die neue Dienstwohnung der Familie Bergmann befand sich in den ehemaligen Prachträumen der Äbte des Klosters. Den Bau der großen Michaelskirche hatte man so in die Anstalt mit eingebunden, das er vielseitig genutzt werden konnte: Hier hatte man die Maßwerkfenster der südlichen Seitenschiffwand zugemauert, die nördliche Seitenschiffwand abgebrochen und eine Kegelbahn und Wippe zur Zerstreuung der Kranken aufgestellt.[121] Für den achtjährigen Georg wurden das alte Kloster und der mächtige Kirchenbau zum großen Abenteuerspielplatz seiner Kindheit. Keine andere Kirche kannte er so gut wie diese und er lauschte fasziniert den alten Geschichten über diese Kirche. Auch in Hildesheim besuchten die Kinder des Arztes nicht die öffentlichen Schulen, sondern erhielten Privatunterricht. Georg zeigte früh *»ein ausgesprochenes Temperament zum Zeichnen.«*[122]

Die neue Stadt faszinierte den wissbegierigen Jungen. Hildesheim wurde damals noch das *»norddeutsche Nürnberg«* genannt. Hier säumten die Fassaden von hunderten von Fachwerkhäusern mit spitzgiebeligen Dächern und vielförmigem, fantastischem Schnitzwerk die Straßenzüge. Vier Jahre vor dem Umzug der Familie Bergmann hatte die Stadt ihre erste moderne Straßenbeleuchtung erhalten. An Ketten hatte man über den Straßen mit Öl gefüllte Kugeln befestigt, die nachts leicht schwankend die Stadt beleuchteten.[123]

Der Vater gehörte in Hildesheim zu den Persönlichkeiten, die in den Jahren 1827-1861 im kulturellen Leben der Stadt den Ton angaben. Er wurde Gründungsmitglied des Museumsvereins und führte seine beiden Söhne in diese Kreise ein. Der ältere Sohn Bogislav trat in die Fußstapfen des Vaters und wurde Arzt. Georg zeigte sich dagegen den anderen Interessensgebieten des Vaters aufgeschlossen, so der Kunst, Geschichte, Literatur und Philosophie. Über Georg wird man später sagen, in ihm sei *»die geistige Aufgeschlossenheit seines Vaters für das Schöne und Gute stark zum Durchbruch gekommen«.*[124]

Ausbildung und Werdegang

Der Vater wünschte, dass sein Sohn Georg Architektur studierte und schickte ihn an die Polytechnische Hochschule in Hannover. Hier immatrikulierte sich Georg am 29. Oktober 1835 in den Fächern Elementare Mathematik, Handzeichnen und Bossieren (Modellieren).[125] Georg studierte nur kurze Zeit in Hannover: »*Obwohl von seinem Vater zum Baufach bestimmt, wußte er doch seinen Willen, Maler zu werden, durchzusetzen.*«[126] Schon im Frühjahr 1837 verließ er die Hochschule. Er ging nach Dresden zu Eduard Bendemann (1811-1889), der hier an der Hochschule für Bildende Künste lehrte. Bendemann wurde im Jahr 1859 als Direktor an die Kunstakademie Düsseldorf berufen und gilt heute als ein wichtiger Vertreter der Düsseldorfer Malerschule. Er unterstützte und förderte Georg Bergmann und ermutigte ihn, an einem Wettbewerb teilzunehmen, bei dem Bergmann den ersten Preis für Zeichnung nach Modellen erhielt.[127] Daraufhin entschloss sich Bergmann an der Düsseldorfer Akademie Malerei zu studieren.[128] Zu selben Zeit lehrte an der Düsseldorfer Akademie noch Wilhelm Schadow (1788-1862), der Begründer der Düsseldorfer Malerschule. Im Semester 1843/44 schrieb sich der vierundzwanzigjährige Bergmann in der Malerklasse von Professor Theodor Hildebrandt ein. Die ersten zwei Studienjahre beschäftigten ihn Themen der Genremalerei. Aus dieser Frühzeit stammt das kleine Bild »*Rübezahl*« und die »*Frau im Walde*«, ein Thema das er wenig später in dem Bild: »*Rübezahl den Kinder erzählend*« variierte.[129] Die erste bekannte Beurteilung lautet: »*Anlage, d.h. künstlerische Fähigkeit: bedeutend, Fleiß: ausgezeichnet und Betragen: gut. Gleich im 4. Quartal wird er in die sog. 1. Klasse versetzt.*« Im zweiten Studienjahr 1844/45 malte er am Bild »*Rübezahl, den Kindern erzählend*«.[130]

Hinter dem Vermerk der Düsseldorfer Akademie, er sei im zweiten Quartal aufgrund von »*Sterbefällen in der Familie*« abwesend, verbarg sich der überraschende Tod seines älteren Bruders Bogislav. Ausgerechnet der Sohn, der als Arzt arbeitete und das Werk seines berühmten Vaters fortführen wollte, starb am 11. Oktober 1844 an Nervenfieber.[131] Georg blieb längere Zeit bei der Familie in Hildesheim und kehrte erst im Jahr 1847 an die Akademie zurück. Laut den Listen belegte er die 1. Klasse mit dem Schwerpunkt Historien-Malerei. Um diese Zeit interessierte er sich auch für Themen mit religiösem Sujet sowie der Porträtmalerei. An die bis dato durchweg positiven Bewertungen wurde eine zusätzliche Bemerkung angefügt, die verrät, dass Bergmanns Arbeiten hier ins Kreuzfeuer der Kritik geraten waren. »*Ist im 3. Quartal abgegangen. Brillanter Kolorist, aber ziemlich oberflächlich und charakterlos.*«[132] In den Listen der Akademie taucht sein Name wieder in den Jahren 1850/51 auf, in denen er die Meisterklasse besuchte. Seine Professoren Schadow und Hildebrand ermutigten ihn »*zu seinem ersten historischen Gemälde 'Philipp auf seinem Sterbebett.'*«[133]

Nach seinen Lehrjahren zog es Georg Bergmann zurück nach Hildesheim. Hier erhielt er im Jahr 1852 einen besonderen Auftrag.[134] Zu dieser Zeit wurde sein Vater Dr. Bergmann für seine Verdienste vom König ausgezeichnet. König Georg V. gab bei dessen Sohn Georg ein offizielles Porträt von dessen Vater in Auftrag.[135] Sein Vater bedankte sich in einem Brief an den Landesvater: »*Jetzt, wo es Allergnädigst mir vergönnet worden Ew. Majestät schriftlich mich nahen zu dürfen, ist es das höchst Bedürfnis meines Herzens, das einfache Wort der unauslöschlichen Empfindungen des Dankes und der Begeisterung für Eure Königliche Majestät hier auszusprechen, sowie auch mein höchsterfreuter Sohn in voller Arbeit, mit Fleiß und angeborenem Talent das Großmütig ihm aufgetragene Werk zu vollenden ...*«[136] Das Gemälde war Bergmanns erster königlicher Auftrag. Über dieses Bild sollte der Psychiater Heinrich Damerow (1798-1866) später schreiben: »*Ein herrlich Bild, fesselnd, wenn man den Mann auch nicht kennte; aber es ist ja unser Bergmann, nicht das Familienportrait, sondern das Staatsbild – mit Würd' und Hoheit angethan –* «[137]

Georg wohnte zeitweise in Hannover. Fasziniert von der Kunst des Mittelalters fand er Gleichgesinnte im hannoverschen Künstlerverein, in dem er seit 1853 Mitglied war. Hier entstanden viele seiner wichtigsten Gemälde.[138] Er widmete sich dem Genre Porträt- und Historienmalerei.[139] Einige Portraits hängen in den Museen Hannovers, Hildesheims, Leipzigs und Bückeburgs.[140]

Im Jahr 1855 schuf Bergmann sein bedeutendstes malerisches Werk: Die Wandmalereien im Festsaal des Schlosses Alt-Wallmoden bei Goslar.[141] In einem bunten und bewegten Zyklus zeigen sie die sagenhafte Geschichte des »*Thedel der Unvorferde von Wallmoden*«.

Der Maler-Restaurator

Georg Bergmann begann seine Arbeit als »Maler-Restaurator« in den Jahren 1850-54 unter Anleitung des Architekten Conrad Wilhelm Hase im Kloster Loccum. Hier restaurierte er einen spätgotischen Marienaltar, einen Reliquienschrein und ein Triumphkreuz – beide aus der Mitte des 13. Jahrhunderts.[142] Es war wahrscheinlich dem Einfluss Georg Bergmanns zuzuschreiben, dass Hase dem jungen Magistrats-Assessor und späteren Senator Roemer vorgestellt wurde. Hermann Roemer (1816-1894) war in Hildesheim eine der schillernden Persönlichkeiten seiner Zeit. Als Politiker, Jurist und Kunstkenner war er ungemein einflussreich. Er war ein Freund der Familie Bergmann und hatte im Jahr 1844 zusammen mit Dr. Heinrich Bergmann den Museumsverein gegründet. Die neu entstehende Freundschaft zwischen Roemer und Hase sollte sich für das Hildesheimer Stadtbild als ein Segen erweisen. Roemer zog Hase zukünftig bei allen Fragen zur Erhaltung der Hildesheimer Baudenkmäler zu Rate. Durch Roemers Einflussnahme sollte Hase zahlreiche Restaurierungs- und Neubauaufträge erhalten. Auch Georg Bergmann profitierte durch die erfolgreiche Zusammenarbeit und wurde zum gesuchten Experten für Restaurierungsfragen der Stadt Hildesheim.

St. Michael in Hildesheim

Es war der geplante Abbruch der in die Klinik integrierten Michaelskirche, der Kirche seiner Kindheit, den Georg Bergmann zusammen mit Hase und Roemer unbedingt verhindern wollte. Die Kirche war damals stark verfallen und verwahrlost.[143] Die benachbarte Martinigemeinde suchte einen neuen Kirchenraum und interessierte sich für den Bauplatz. Allerdings favorisierte sie eher einen Neubau und befürwortete den Abriss der mittelalterlichen Kirche. Roemer kämpfte um den Erhalt von St. Michael. »*Nur ein Rettungsmittel gibt es noch, welches solches Unheil verhindern kann. Dieses Mittel heißt: Wiederherstellung der Michaeliskirche als Gotteshaus*!«[144] Man zog zur Begutachtung den Architekten Conrad Wilhelm Hase hinzu, der sich für die Restaurierung der Kirche aussprach. Angesichts der doch ungewissen Zukunft des Baus begann Georg Bergmann, die kostbaren Deckenmalereien des Mittelschiffs in Aquarellmalerei zu kopieren. Schließlich gelang es, die Gemeinde von dem Gewinn einer Restaurierung der alten Kirche zu überzeugen. Im Frühjahr 1855 begann Hase mit der Restaurierung, bei der alle profanen Einbauten entfernt wurden und die nördliche Seitenschiffwand wieder aufgebaut wurde.[145] Für die Kirche entwarf das Baubüro Hase einen Altar, Kanzel und Orgel. Bergmann erhielt den Auftrag, die komplizierte Restaurierung der Deckenmalereien zu übernehmen. Obwohl nur sehr geringe finanzielle Mittel zur Verfügung standen, entwarf Hase gemeinsam mit Bergmann, wahrscheinlich noch beraten von Johann Michael Kratz, ein malerisches Konzept für den Kircheninnenraum. Ganz im Sinne eines Gesamtkunstwerkes sollte der neue, prächtige Kirchenraum die Abrissbefürworter endgültig von der Schönheit des Bauwerkes überzeugen.[146] Bergmann studierte in diesem Zusammenhang detailliert die künstlerische Sprache, die Farben und den Formenkanon der Deckenmalereien und übertrug diese auf die von ihm entworfene Dekoration für Chor und Vierung. In dieses Gesamtkonzept wurden auch die farbigen Bemalungen der alten Stuckreliefs mit eingebunden. Bei der Ausmalung des Innenraumes wurde er vom Maler Jürgens (1856) unterstützt, der nach Bergmanns Kartons die Malereien ausführte. Jürgens Werkstatt sollte später als »Hofdecorationsmaler« die meisten Dekorationsmalereien auf Schloss Marienburg malen.

Eine Anekdote aus der Zeit der Kirchenrestaurierung erzählt, wie Bergmann mit zwinkerndem Auge die Kunstliebhaber in »seiner Kirche« gerne hinters Licht führte. »*Als Künstlerscherz sei die in der Sakristei befindliche, scheinbar sehr alte Wandmalerei erwähnt, welche, die Verkündigung der Maria darstellend, von dem*

Wiederhersteller des Deckengemäldes, Maler Bergmann, zur Täuschung übereifriger Alterthümler 'aufgedeckt' wurde.«[147]

Die Restaurierung von St. Michael galt zur ihrer Zeit als vorbildlich. Sie schuf die Grundlage für die Begeisterung und Mode des späten 19. Jahrhunderts für alles, was als typisch für den »Hildesheimer Styl« galt, »*eine Mischung aus lokalhistorischen, künstlerischen und religiösen Motiven führte dazu, den romanischen Stil mit dem Stil des heiligen Bernward zu identifizieren und in ihm den für Hildesheim typischen Stil zu erkennen, der die große Zeit der Bischofstadt versinnbildlichte und viele bedeutende Kunstwerke hervorgebrachte hatte.*«[148]

Das Knochenhauer Amtshaus

Eine weitere Restaurierung, die Georg Bergmann mit großem Engagement begleitete, war die des Knochenhauer Amtshauses in Hildesheim.[149] Zusammen mit Hase und Roemer gehörte er zur Kommission, die über den Umfang der Instandsetzung und die Farbfassungen der Fassade beriet. Die Bauleitung der Restaurierung des Knochenhauer Amtshauses übernahm ein junger, ehrgeiziger Schüler von Hase – Edwin Oppler. Elf Jahre später sollte Oppler dann den Umbau der Marienburg übernehmen. Auch alle anderen an der Restaurierung des Knochenhauer Amtshauses beteiligten Künstler wurden später am Bau der Marienburg beschäftigt.

Da die finanziellen Mittel für die Wiederherstellung des Knochenhauer Amtshauses äußerst knapp waren, stiftete Georg Bergmann die unterste Reihe der Windbretter des Prunkgiebels (1853) und lieferte auch die Entwürfe für die anderen Windbretter.[150] Bergmann hatte sich schon in Düsseldorf einen Namen als Kopist Rembrandts gemacht und war bestens vertraut mit der niederländischen Malerei des 16. und 17. Jahrhunderts. Nun entstanden neun Atelierbilder, die sich im Stil an holländischen Motiven des 16. Jahrhunderts orientierten – ein Versuch, sich der Zeit und dem Stil des Knochenhauer Amtshaus anzupassen. Johann Michael Kratz schrieb über diese Arbeiten, sie seien »*nach einzelnen Resten der vorhandenen alten Bilder von der geschickten Hand des Hildesheimer Kunstmalers G. Bergmann gearbeitet, zum*

Teil von ihm selbst entworfen und unter seiner Leitung von einem seiner Kunstjünger angefertigt.«[151] Hase bewertete im Jahr 1885 die Gemälde erneut, als nach einem Brand (1884) die Restaurierung und Farbgebung der Fassade neu diskutiert wurde. »*Bei der vor 25 oder 30 Jahren vorgenommenen Restauration hat der Maler G. Bergmann seiner Vaterstadt einen großen Dienst geleistet, indem er die Balkenfüllungen mit werthvollen Malereien unentgeldlich geschmückt und hiermit seiner Vaterstadt sich in bestem Andenken erhalten hat. In den oberen Geschossen sind diese in dekorative Weise stylgemäß und nach Anleitung der damals noch vorhandenen Malereien ausgeführt; im unteren Geschosse dagegen hat Bergmann an den betreffenden Stellen Staffeleibilder eingefügt, die untereinander in goldigen und saftbraunen Farben harmonisieren. Ist eine dekorative Ausstattung der Art an einem Holzbauwerke aus dem Anfange des 16. Jahrhunderts nun auch nicht gerade charakteristisch für jene Zeit, auch nicht stylgemäß zu nennen, so sind die Bilder an sich so werthvoll, daß bei der jetzigen Restauration jedenfalls Rücksicht darauf zu nehmen ist.*«[152]

Bergmann starb vier Jahre später am 14. Oktober 1870 in Hildesheim. Aus der Todesanzeige geht hervor, er sei »*nach längerem Leiden*«[153] verstorben. Erst 25 Jahre nach seinem Tod wurde sein Werk gewürdigt und einige seiner Bilder ausgestellt. »*Auf Anregung einiger Mitglieder des Vereins für Kunst und Wissenschaft hat sich das Roemer-Museum bemüht, eine kleine Ausstellung zusammenzubringen. Sie wird in den Räumen der Gemäldesammlung zugänglich sein. Zur Ausstellung leihen auch namhafte Persönlichkeiten aus Hildesheim ihre Bilder aus: So Fräulein L. Roemer«, »Dr. E. Gerstenberg, Direktor der Irrenanstalt« und auch die Schwester, Frau Major Johanna Rudorff (geb. Bergmann).*«[154]

Von seinem malerischen Werk sind nur wenige Arbeiten erhalten, wobei besonders die Portraits des Künstlers hervorzuheben sind. Bergmanns Interesse galt insbesondere der Farbe und dem Licht. In seinem Frühwerk studierte er diese durch Kopien der Werke Rembrandts. Später befasste er sich mit dem Thema Farbe im Rahmen der Restaurierungen von St. Michael in Hildesheim. Hier studierte er Dekoration, Malformen und Pigmente der mittelalterlichen Architektur. Seine Forschungen und Ergebnisse, die er zusammen mit Conrad Wilhelm Hase besprach, sollten die Restaurierungen niedersächsischer Kirchen entscheidend beeinflussen. Auch die neugotischen Architekturen der Hannoverschen Bauschule, die im Innenraum als Gesamtkunstwerke entworfen wurden, sind von diesen Forschungen geprägt.

Von Bergmanns Humor und gesellschaftskritischem Blick zeugen die ungewöhnlichen Zeichnungen zum »*Hildesheimer Freischießen*«. In seiner Schilderung des Schützenfestes konnte er sich mehr Freiheit als in seinen Gemälden erlauben. Bergmann schilderte das Hildesheimer Bürgerfest in ähnlicher Manier wie sein ungewöhnlicher Zeitgenosse Wilhelm Busch. Den humorvollen Charakter des Malers beschrieb ein Zeitgenosse mit den Worten: »*Sein offenes biederes Wesen und sein köstlicher Humor verschafften ihm viele Freunde während seines nicht sehr langen Lebens.*«[155]

Der Kontrakt des Künstlers

»Contract

Nachdem Ihre Majestät die Königin Allergnädigst geruhet haben, die Ausschmückung des Billardsaales auf der K[öni]gl[ichen] Marienburg unter Vorbehalt eines mit ihr abzuschließenden Contracts dem Maler Bergmann zu übertragen, so ist zwischen dem k[öni]gl[ichen] Oberhofmarschallamte und dem Maler Bergmann dieserhalb der nachstehende Contract abgeschlossen worden.

§ 1

Der Maler Bergmann übernimmt die Ausschmückung des Billardzimmers der K[öni]gl[ichen] Marienburg mit Fresko Gemälden. Die Anordnung und Vertheilung der Malereien sowie der Gegenstand derselben bleibt seiner Wahl überlassen, doch wird er für die größte Wandfläche des Saales eine bildliche Darstellung des Märchens von der Marienburg zu malen haben. Derselbe wird baldthunlichst eine Skizze für die gesamte Malerei des Saales vorlegen und nach erfolgter Genehmigung derselben obseiten Ihrer Majestät der Königin mit der Anfertigung der erforderlichen Cartons und der Ausführung der Malereien beginnen und solche bis zum 12. [vielleicht eher 1.] März 1866 vollenden.

§ 2

Für die Herstellung der sämtlichen Fresko Malerei des Billardsaales nach dem von Ihrer Majestät der Königin auf Grund der vorzulegenden Skizze genehmigten Plane einschließlich sämtlicher Auslagen und Kosten – mit Ausschluß jedoch der Kosten des Putzes und der Rüstung, welche besonders vergütet werden sollen, erhält der Maler Bergmann nach erfolgter Ausführung des Auftrages ein Honorar von 2000 Th. Cour., geschrieben Zweitausend Thaler Courant.

Die Richtigkeit des Obigen erkenne ich.

Georg Bergmann. Maler«

(In: Niedersächsisches Hauptstaatsarchiv, Königliches Hausarchiv. Depositum 103. XXIV 6057)

Originaltext des Briefes von Georg Bergmann an König Georg V.

»Georg Bergmann
an den König von Hannover
Hannover, 17. Juli 1865

Allerdurchlauchtigster Großmächtigster König
Allergnädigster König und Herr.

Die Zeichnungen zu dem Märchen des Marienberges, welche Euer Majestät die Gnade hatten sich unlängst vorlegen zu lassen, haben Euer Majestät Erwartungen insofern nicht ganz entsprochen, indem ich mehr meinen eigenen Erfindungen gefolgt, und das ältere Märchen zu sehr vernachlässigt hatte. Wofern ich nun Euer Majestät Wünsche richtig aufgefaßt habe, so würde es den allerhöchsten Absichten entsprechen, wenn in dem von mir gewählten neuern[!] Märchen Momente des ältern[!] eingewebt würden, nicht aber das ältere Märchen als Grundlage für ganz neue von mir zu entwerfende Compositionen angesehen werden soll. Euer Majestät wollen geruhen mich in dieser Beziehung vergewissern zu lassen, da diese Entscheidung meine fernere Arbeit würde leiten müssen. Zugleich erlaube ich mir zu Allergnädigster Berücksichtigung zu verstellen, wie es mir nur durch die Zugrundelegung des neuen Märchens möglich geworden, eine durchlaufende einheitliche Decoration der vorliegenden Räumlichkeit zu entwerfen, und wie mir eine nochmalige sorgfältige Durchsicht des ältern Märchens die Überzeugung gebracht, daß zu der beabsichtigten Zimmerausmalung dem ältern Märchen, als Grundlage der Decoration, die ausreichenden malerischen Momente fehlen, obwohl sich einige wenige Einzelheiten desselben mit dem neuen Märchen zu den beabsichtigten Zwecken wohl verweben ließen. Bei den von mir entworfenen Compositionen leitete mich der Gedanke, daß es für die Decoration der mir übertragenen Räumlichkeiten wünschenwerth sei, einen durchlaufenden Zusammenhang zwischen den einzelnen Bildern

herzustellen, dazu aber bot mir das an malerischen Vorwürfen arme ältere Märchen keinen genügenden Stoff. Auch glaubte ich mir durch die Bestimmung des Contracts, welcher lautet 'die Anordnung und Verthcilung der Malereien, sowie der Gegenstand derselben, bleibt des Malers Wahl überlassen, doch wird er für die größte Wandfläche des Saales eine bildliche Darstellung des Märchens von der Marienburg zu wählen haben' hinreichende Freiheit gestattet, um bei der Entwerfung meiner Bilder den inneren Zusammenhang derselben als wesentlich ansehen zu dürfen. Unter dieser Berücksichtigung entstand das neue Märchen, welches ausreichenden Stoff für die Decoration bot, zu deren Ausführung ich als Grundlage die Allerhöchste Genehmigung nachsuche. Euer Majestät die Würdigung der von mir vorgebrachten Gründe zu ermöglichen, erlaube ich mir die beiden Märchen beifolgen zu lassen, und einer Allergnädigsten Entscheidung des betreffenden Punktes harrend verbleibe ich in tiefster Ehrfurcht
Euer Majestät.
Hannover d[en] 17. Juli 1865
unterthänigster Diener

Georg Bergmann. Maler«
(In: Niedersächsisches Hauptstaatsarchiv, Königliches Hausarchiv. Depositum 103. XXIV.)

Originaltext des Briefes von Edwin Oppler an das Oberhofmarschallamt:

»*Edwin Oppler*
an das königliche Oberhofmarschallamt
Schloß Marienburg, 21. August 1865

An das königl[iche] Oberhofmarschallamt.

Ihre Majestät die Königin haben Allergnädigst geruht mir zu befehlen dem k[öni]gl[ichen] Oberhofmarschallamte als Antwortschreiben auf den unterm 19. d[iesen] M[onats] an Ihre Majestät gerichteten schriftlichen Vertrag betreffend die Frescomalereien des Herrn Bergmann auf der königlich[chen] Marienburg folgendes mitzutheilen:

Die mit Herrn Bergmann verabredeten und contrahirten Bilder umfassen die Wände des sogenannten Billardzimmers mit dem daranstoßenden Erker und einer Sophanische; und war für dieselben insgesamt das Honorar von 2000 Th. Courant festgestellt. Später fiel durch den projectierten Anbau eines Salons für S[eine] königl[iche] Hoheit den Kronprinzen die besagte Nische, mithin auch die Malerei derselben so wie des Erkers fort. Als Ersatz für diese Bilder sollte Herr Bergmann im neuen Salon ein neues Bild malen: Wenn nun derselbe die Angelegenheit so aufgefaßt hat, als solle der neue Salon überhaupt ganz gemalt werden, so ist dies ein Irrthum, und wird vorerst Allerhöchsten Orts von irgend welche Malerei im neuen Salon ganz abstrahirt sobald dadurch neue Mehrausgaben entstehn[!]. In diesem letzteren Falle befehlen Ihre Majestät, daß nur das Billardzimmer wie ursprünglich im Contract bedungen gemalt werde.

Es solle hierbei die alte Sage des Schulenburger Berges zum Vorwurf dienen, jedoch in möglichst unveränderter Gestalt; am allerwenigsten soll die Veränderung in der Weise stattfinden, daß eine völlig neue Sage entsteht. Gleichzeitig geruhn Ihre Majestät Allergnädigst zu befehlen dem Herrn Bergmann mittheilen zu wollen daß derselbe hinfüro [= zukünftig] in dieser Angelegenheit

sich an Ihre Majestät zu wenden habe, und nicht wie dies unter 18. v[origen] M[onats] an Seine Majestät geschehen ist, in dem Allerhöchstderselbe die Entscheidung in Angelegenheiten der königl[ichen] Marienburg Allergnädigst Ihrer Majestät zu übertragen geruht habe. Indem ich mich königl[ichem] Oberhofmarschallamt gegenüber dieses Allerhöchsten Auftrages gehorsamst entledige erlaube ich mir hinzuzufügen, daß durch die obige Beantwortung des gleichzeitig an mich in dieser Angelegenheit gerichtete Rescript ebenfalls seine Erledigung gefunden hat, und wollte nur noch gehorsamst ersuchen Herrn Maler Bergmann veranlassen zu wollen mit seinen Malereien zu beginnen, und ganz nach seinem Dafürhalten aus der alten Sage Hauptscenen herauswählen; denn Ihre Majestät wünscht sehr dringend daß wenigstens dies eine Zimmer im Frühjahr 1866 fertig sei.
Ganz gehorsamst

Edwin Oppler
Marienburg den 21. Aug[ust 18]65.«
(In: Niedersächsisches Hauptstaatsarchiv, Königliches Hausarchiv. Depositum 103. XXIV.)

Literaturverzeichnis

Aldrich, Megan, Gothic Revival, London 1994

Arends, Isabel, »Gothische Träume«. Die Raumkunst Edwin Opplers auf Schloss Marienburg. (Hannoversche Studien Band 11) Hannover 2005

Arends, Isabel, Ausflug »ohne Nebelkappe« zu Schloss Marienburg. In: Hannoversche Geschichtsblätter, Neue Folge, Band 59, Hannover 2005, S. 189-199

Arends, Isabel »Niemals Zurück« – Geschichte und Schicksal von Schloss Marienburg. In: Springer Jahrbuch 2006 für Stadt und Altkreis Springe. Hrsg. vom Förderverein für die Stadtgeschichte von Springe e.V. Springe 2006

Arends, Isabel, Wahrheit in der Kunst! Die Reformgotik der Hannoverschen Bauschule. In: Soltauer Schriften. Binneboom. Schriftenreihe der Freudenthal-Gesellschaft und des Heimatbundes Soltau. Band 14. Soltau 2008

Arends, Isabel, Die Hase-Schule. Zur Reformgotik der Hannoverschen Architektenschule. In: Heinrich Moldenschardt 1839-1891. Stilvolle Architektur in Schleswig-Holstein.

Blume, Hermann, Sagen aus dem Landkreise Hildesheim, Hildesheim 1928

Blume, Hermann, Von Tückeboten, Lüchtenkeerls und weißen Frauen. Sagen und Erzählungen aus dem Hildesheimer Land, bearbeitet von August Böttcher. 2. Aufl. Hildesheim 1986

Bartels, Heinrich, Nordstemmen. Von der Vorzeit bis zur Gegenwart. Hrsg. von d. Volksbrauch Leinetal. Burgstemmen 1983

Barner, Wilhelm (Hrsg.), Hoike. Sagen und Erzählungen aus dem Land zwischen Hildesheimer Wald und Ith. Schriftenreihe des Heimatmuseums Alfeld Nr. 7, Alfeld 1960

Baumgärtl, Max (Hrsg.), Die Wartburg. Ein Denkmal deutscher Geschichte, Berlin 1907

Baur, Christian, Neugotik, München 1981

Beenken, Hermann, Schöpferische Bauideen der deutschen Romantik, Mainz 1952

Biehm, Heinz, Residenzen der Romantik, München 1970

Bornstedt, Wilhelm, Heinrich der Löwe, Thedel Unverfehrt von Wallmoden. Der Teufel, das Zauberroß, Ein Braunschweiger Ritterepos, 1981

Bothe, Rolf, Burg Hohenzollern. Von der mittelalterlichen Burg zum nationaldynastischen Denkmal im 19. Jahrhundert, Berlin 1979

Brauch, Albert, Die calenbergischen Klöster 1634-1714, Hildesheim 1976

Brix, Michael/Steinhauser, Monika (Hrsg.), Geschichte allein ist zeitgemäß. Historismus in Deutschland, Lahn/Gießen 1978

Brönner, Wolfgang, Die bürgerliche Villa in Deutschland 1830-1890. Unter besonderer Berücksichtigung des Rheinlandes, Düsseldorf 1987 (Beiträge zu den Bau- und Kunstdenkmälern im Rheinland, Band 29)

Brönner, Wolfgang, Die Villa Cahn in Bonn-Plittersdorf. Ein »deutsches Haus am Rhein«: Geschichte, Architektur, Ausstattung, Kunstsammlung, Köln 1991 (Beiträge zu den Bau- und Kunstdenkmälern im Rheinland, Bd. 31)

Campenhausen, Axel Frhr. von: 750 Jahre Kloster Wülfinghausen (Teil 1-3). In: Alt-Hannoverscher Volkskalender, hrsg. von Ludwig Grote, 115./116./117. JG., 1987, 1988, 1989

Clark, Kenneth, The Gothic Revival. An Essay on the History of Taste, London 1. Aufl. 1928, London 3. Aufl. 1962

Collins, Peter, Changing Ideals in Modern Architecture 1750-1909, London 1965

Cori, Johann Nepomuk, Bau und Einrichtung der Deutschen Burgen im Mittelalter. 1. Aufl. Linz 1874. 2. Aufl. bearbeitet und vermehrt von Albin Czerny, Linz 1895

Davis, Terence, The Gothic Taste, London/Vancouver 1974

Dannowski, Hans Werner, Unterwegs im Calenberger Land. Dörfer, Kirchen und alte Gutshöfe zwischen Deister und Leine. Hannover 2009

Denkmaltopographie Bundesrepublik Deutschland, Baudenkmale in Niedersachsen Band 13., Landkreis Hannover, Braunschweig 1988, S. 239-240

Döhmer, Klaus, »In welchem Style sollen wir bauen?« Architekturtheorie zwischen Klassizismus und Jugendstil, München 1976 (Studien zur Kunst des 19. Jahrhunderts, Band 26)

Eckart, Rudolf, Lexikon der niedersächsischen Schriftsteller von den ältesten Zeiten bis zur Gegenwart, Osterwieck 1891

Friedrich, Ernst Andreas, Wenn Steine reden könnten. Hannover 1989

Germann, Georg, Gothic Revival in Europe and Britain: Sources, Influences and Ideas, Cambridge Mass. 1973

Germersheim, Barbara Edle von, Unternehmervillen der Kaiserzeit (1871-1914), München 1988

Götz, Wolfgang, Historismus. Ein Versuch zur Definition des Begriffes, in: Zeitschrift des deutschen Vereins für Kunstwissenschaft 24, 1970, S. 196-212

Gurlitt, Cornelius, Die deutsche Kunst des neunzehnten Jahrhunderts. Ihre Ziele und Thaten, 2. Aufl. Berlin 1900 (neu aufgelegt unter dem Titel »Cornelius Gurlitt: Zur Befreiung der Baukunst. Ziele und Taten deutscher Architekten im 19. Jahrhundert, redigiert und kommentiert von Werner Kallmorgen«, Berlin/Frankfurt 1968, Bauwelt Fundamente 22)

Hamann, Manfred/Ederberg, Erik: Die Calenberger Klöster, Hannover 1977

Hammer-Schenk, Harold, Bibliographie zur Baugeschichte der Stadt Hannover, Hannover 1978

Hammer-Schenk, Harold (Hrsg.), Architektur, Stuttgart 1985 (Kunsttheorie und Kunstgeschichte des 19. Jahrhunderts in Deutschland. Texte und Dokumente, Band 2)

Hartmann, Rudolf, Geschichte Hannovers vom Regierungsantritt des Königs Ernst August bis auf die Gegenwart 1837-1880, Hannover 1880

Hartmann, Rudolf, Geschichte Hannovers unter der provinzialständischen Verfassung und Verwaltung von 1867 bis auf die Gegenwart, Hannover 1887

Hoffmann, Hans, Gottlob Heinrich Bergmann (1871-1861). Ein Hildesheimer Arzt. Zugleich ein Beitrag zur Geschichte der deutschen Psychiatrie. In: Zeitschrift Hildesheim des Museums zu Hildesheim, Heft 1978

Huck, Jürgen, Von Orgelbauern, Sängern, und Stadtmusikanten. In: Jahrbuch 1992 des Landkreises Hildesheim, Hildesheim 1992, S. 182f

Huck, Jürgen, Die Beziehungen der Stadt Elze zur Stadt Hildesheim im Wandel der Zeiten. Hrsg. vom Elzer Heimat- und Geschichtsverein e.V., Hildesheim 2003

Kast, Verena, Wege zur Autonomie. Märchen psychologisch gedeutet, München 1988

Könnecke, Gustav, Bildatlas zur Geschichte der deutschen Nationalliteratur,. 2. Aufl., Marburg 1895

Kokkelink, Günther/Lemke-Kokkelink, Monika: Baukunst in Norddeutschland. Architektur und Kunsthandwerk der Hannoverschen Schule 1850-1900, Hannover 1998

Kokkelink, Günther, Die Neugotik Conrad Wilhelm Hases. Eine Spielform des Historismus. In: Hannoversche Geschichtsblätter, Neue Folge, Band 22, Hannover 1968, S. 1-211

Kiesow, Gottfried, Schloß Marienburg. Große Baudenkmäler, Heft 178, München/Berlin 1963

Könnecke, Gustav, Bildatlas zur Geschichte der deutschen Nationalliteratur. 2. Aufl., Marburg 1895

Kreisel, Heinrich, Die Schlösser Ludwigs II. von Bayern, Darmstadt 1955

Linnenkamp, Rolf, Die Gründerzeit 1835-1918, München 1976

Müller, Wilhelm/ Schambach, Georg, Niedersächsische Sagen und Märchen, Göttingen 1854

Narjoux, Felix, Notes des voyages d'un architecte dans le nord-ouest de l'Europe, Paris 1876

Niehr, Klaus, Gotikbilder – Gotiktheorien. Studien zur Wahrnehmung und Erforschung mittelalterlicher Architektur in Deutschland zwischen 1750 und 1850, Berlin 1999

Petzet, Detta und Michael, Die Richard Wagner-Bühne König Ludwigs II., München 1970 (Studien zur Kunst des neunzehnten Jahrhunderts, Sonderband)

Reden/Dohna, Irmgard von, Die Rittersitze des vormaligen Fürstentums Hildesheim, Göttingen 1995

Richter, J.W. Otto, Deutsches Kyffhäuserbuch. Natur, Geschichte, Sage und Volksleben des Kyffhäusergebirges, Eisleben 1876

Robsen-Scott, W. D., The Literary Background of the Gothic Revival in Germany, Oxford 1965

Rosenberg, Carl, Otto Knille. In: Berliner Architekturwelt. Zeitschrift für Baukunst, Malerei, Plastik und Kunstgewerbe der Gegenwart, 1. Jahrgang. Berlin 1899, S. 220f

Schädler-Saub, Ursula/Exner, Mathias (Hrsg.) Die Restaurierung der Restaurierung? Zum Umgang mit Wandmalereien und Architekturfassungen des Mittelalters im 19. und 20. Jahrhundert, München 2002

Schädler-Saub, Ursula: Die Kunstdenkmäler grauer Vorzeit als heilige Schätze zu bewahren und pflegen. Hildesheim und die Wiederentdeckung der Kunst des Mittelalters im 19. Jahrhundert. S. 303ff. In: Katalog Romanik in Hildesheim 2001

Schönermark, Gesa/Brandis, Wolfgang/Hager, Uwe: Kloster Wülfinghausen – Geschichte und Wirken 1236-2006

Schönermark, Gustav (Hrsg.), Die Architektur der Hannoverschen Schule. Moderne Werke der Baukunst und des Kunstgewerbes im mittelalterlichen Stil. Hrsg. v. der Bauhütte zum Weißem Blatt, Hannover 1888-1895

Schultz, Hans-Adolf, Burgen und Schlösser des Braunschweiger Lande, Braunschweig 1980
Seifart, Karl, Sagen, Märchen, Schwänke und Gebräuche aus Stadt und Stift Hildesheim. 2. Bde, Göttingen 1854-1860
Seifart, Karl, Blüten und Blätter vom tausendjährigen Rosenstock zu Hildesheim, Kassel, Göttingen 1876
Seifart, Karl, Sagen aus Stadt und Stift Hildesheim. Hrsg. von Peter Guyot, Hildesheim 1995
Thieme-Becker, Allgemeines Lexikon der bildenden Künstler von der Antike bis zur Gegenwart. Begr. von Ulrich Thieme und Felix Becker, hrsg. von Ulrich Thieme, 37 Bde, Leipzig 1907-1950
Wagner-Rieger, Renate und Krause, Walter (Hrsg.), Historismus und Schloßbau, München 1975 (Studien zur Kunst des 19. Jahrhunderts, Band 28)

Kataloge und weitere Publikationen

Hildesheimer Literaturlexikon von 1800 bis heute. Dirk Kemper (Hrsg.), Hildesheim/Zürich/New York 1996

Hildesheimer Rosen. Ein Haus- und Heimatbuch mit Sagen, Legenden und Stadtgeschichte. 11. vollständ. überarbeitete Auflage, Hildesheim 1993

Katalog zur Ausstellung des Dom-Museums Hildesheim, Hildesheim 2001

Katalog Bernward von Hildesheim, Bernward von Hildesheim und das Zeitalter der Ottonen. 2 Bände, Katalog der Ausstellung im Dom- und Diözesanmuseum Hildesheim und im Roemer- und Pelizaeus-Museum, Hildesheim 1993

Katalog Welten in Vitrinen, 150 Jahre Roemer-Museum. Die Sammlungen des Roemer-Museums zu Hildesheim. Faksimile des Sammlungsführers von 1914, Hildesheim 1994

Katalog Wien 1998, Der Traum vom Glück. Die Kunst des Historismus in Europa. Hrsg. Herman Fillitz, (Katalog der Ausstellung im Künstlerhaus und der Akademie der Bildenden Künste vom 13. 10. 1996-6. 1. 1997), Wien 1996

Katalog Romanik in Hildesheim 2001. Abglanz des Himmels. Romanik in Hildesheim, Hrsg. Michael Brandt

Niedersachsens Sagenborn. Eine Sammlung der schönsten Sagen und Schwänke aus dem südlichen Niedersachsen, ausgewählt und zusammengestellt von Karl Meinniger und Johann von Harten, 7. Auflage, Hildesheim 1949

Niedersachsens Sagenborn, Eine Sammlung der schönsten Sagen und Schwänke aus dem südlichen Niedersachsen, Hildesheim 1949

Urkundenbuch des Hochstifts Hildesheim u. seiner Bischöfe. 1. Teil hrsg. von Karl Janicke. Neudruck der Ausgabe von 1896, Osnabrück 1965

Anmerkungen und Kommentare

1 Das Gewölbe der Haupthalle wurde von März bis Juli 1865 von dem Künstler Leonard Gey ausgemalt. Das neue Bildprogramm der acht Allegorien der Künste entwarf der Architekt Edwin Oppler. Das alte Dekorationsprogramm der Eingangshalle umfasste einen Fries im antiken Stil mit Darstellungen der Edda-Sage, der am Treppenhaus angeordnet war.

2 Zum Inhalt, Ethik und Programm der Kunstgewerbereform in Hannover vgl. Arends 2005, S. 41f.

3 Auch auf der Marienburg ließ Königin Marie viele Räume in diesem Stil dekorieren, fest davon überzeugt, dass dies ein Stil des späten Mittelalters sei. Damals gab es noch keine klare kunsthistorische Einteilung der Stilepochen des Mittelalters und der Renaissance, wie sie nur wenig später dann erfolgte. Heute wird der elisabethanische Stil zur Epoche der Renaissance gezählt.

4 Die Darstellung von deutschen Sagen, Märchen und Legenden erfuhr nach der Mitte des 19. Jahrhunderts besondere Förderung im Rahmen der Kunstgewerbereformbewegung. Siehe E. Fentsch: »Deutsche Sitte und Sage und ihre Beziehung zum Kunstgewerbe«. In: Zeitschrift des Vereins zu Ausbildung der Gewerke in München 1867, Nr. 2, S. 9-11.

5 Zu Castel Pelesch siehe Klaus Eggert in: Wagner-Rieger/Krause 1975, S. 76.

6 Zum Begriff des »Kunstmärchen« siehe Mathias Mayer/Jens Tismar: Kunstmärchen. 4. Auflage, Stuttgart-Weimar 2003.

7 Zum Maler Georg Bergmann siehe den Exkurs: Das Farbenspiel der Seele. Und siehe vor allem: Stein 1993, Stein 1989 und: Hildesheimer Allgemeine Zeitung vom 15.10.1870, Nr. 241; Th. Levin: Georg Bergmann, in: Allgemeines Künstlerlexikon. 2. Aufl., Band 3, Leipzig 1885, S. 618; Rudolf Hartmann: Geschichte Hannovers unter der provinzialständigen Verfassung und Verwaltung, Hannover 1887, S. 990; Deutsche Bauzeitung vom 8.12.1888, S. 594, S. 603, 919; Hildesheimer Allgemeine Zeitung vom 25.5.1895, Nr. 121; Georg Bergmann 6. April 1819-1870, in: Hildesheimer Allgemeine Zeitung vom 6. April 1954. Rubrik: Männer der Heimat, Nr. 8181. Kunstmaler Georg Bergmann. Rubrik: Persönlichkeiten aus der Heimat. In: Hildesheimer Allgemeine Zeitung 25. April 1970. S. 27. Georg Bergmann schuf die berühmten

Windbretter. Vor 125 Jahren starb der Hildesheimer Kunstmaler. In: Aus der Heimat. 1. April 1995. Hildesheim 1995.

8 Vgl. Kontrakt des Künstlers im Anhang.

9 Seifart 1860, Vorwort S. VI.

10 Hildesheimer Literaturlexikon 1996, S. 208f.

11 Im Jahr 1854 erschienen die »Niedersächsischen Sagen und Märchen«, eine Sammlung, zu der auch Karl Seifart Beiträge beisteuerte. Müller/Schambach 1854.

12 Seifart 1854, Vorwort, S. V.

13 Seifart 1854, Vorwort, S. V. Carl Seifart hat mit Mittelsmännern gearbeitet. Frdl. Hinweis Dr. Helga Stein.

14 Unter Georg Bergmanns Zeitgenossen war bester Kenner der Geschichte der Stadt Elze der von hier gebürtige Jurist Bernhard Sostmann (1812-1881). Er war das älteste Kind des Advokaten Bernhard Sostmann und dessen Ehefrau Karoline, einer Tochter des Elzer Wundarztes Johann Konrad Röck und dessen Ehefrau Johanne Luise (geb. Kramer) und in Elze aufgewachsen. Als Sostmann 1840 deren Tochter Luise heiratete, wirkte er bereits als Advokat zu Gronau. Von 1840-1852 amtierte Sostmann als Bürgermeister der Stadt Elze. Zeitweise vertrat er als Abgeordneter die Städte Elze, Gronau, Sarstedt und Dassel in der Zweiten Kammer der Allgemeinen Ständeversammlung des Königreiches Hannover. Lebhaftes Interesse für die Geschichte der Stadt Elze hegte z.B. auch Dr. med. Maximilian Gustav Wilhelm Theodor Roscher (1818-1873). Er arbeitete in Elze als praktischer Arzt 1844-1873 und förderte Sostmanns Elzer Stadtgeschichtsforschung. Roscher verfügte offenbar über Beziehungen nach Hildesheim und dessen nächster Nachbarschaft. Dr. Roscher dürfte schon beruflich mit Dr. med. Bergmann bekannt gewesen sein. Frdl. Hinweise von Dr. Jürgen Huck.

15 Siehe hierzu: Katalog Welten in Vitrinen, 1994 S. 7.

16 Zu Wallmoden siehe: Reden-Dohna 1995, S. 231-238 (Alt Wallmoden).

17 Otto Richter (Richter 1876, S. 88ff.) zählt über 25 unterschiedliche Sagen- und Märchenvarianten auf.

18 Aus dem Bericht des Major Wittes, 1860. In: Niedersächsisches Hauptstaatsarchiv, Königliches Hausarchiv. Depositum 103. XXIV.

19 Seifart 1854, Vorwort S. VII.

20 Karl Lachmann: Wolfram von Eschenbach. Berlin 1833, weitere Ausgaben 1854, 1872, 1879.

21 Zu Neuschwanstein siehe: Heinrich Kreisel: Schloß Neuschwanstein. 1. Aufl. München 1933; Jutta Tschoeke: Neuschwanstein. Planungs- und Baugeschichte eines königl. Burgbaus im ausgehenden neunzehnten Jahrhundert. Diss. München 1975; Georg Baumgartner: Königliche Träume. Ludwig der II. und seine Bauten, München 1981, S. 77-108; Sigrid Russ, Neuschwanstein, der Traum eines Königs. München 1983.

22 Zu Falkenstein siehe: Michael Petzet: Gebaute Träume. Die Schlösser König Ludwigs II. von Bayern, München 1995. S. 82ff.

23 In den Briefen der Königin findet sich die Bezeichnung »El Dorado« am häufigsten, allein in dem von Willis (1966) veröffentlichten Briefwechsel zehn Mal.

24 Jürgen Huck: Die von Ordenberg. Ein in Vergessenheit geratenes Dynastengeschlecht und seine Burg. In: Hildesheimer Jahrbuch für Stadt und Stift Hildesheim. Bd. 69, Hildesheim 1997, S. 118-136

25 Huck 1997, vgl oben. Die Edelherren von Ordenberg sind nur in der Zeit von 1176-1227 nachzuweisen. Ihre namensgebende Burg lag am Schulenburger Berg. Die von Ordenberg trugen ihre Burg von den Fürstbischöfen von Hildesheim zu Lehen. Auf einer undatierten Karte des 17. Jahrhunderts ist auf dem Schulenburger Berg noch ein Turmstumpf dieser alten Burg eingezeichnet. Diese Karte entstand vermutlich im Rahmen der Grenzschwierigkeiten zwischen dem Fürstbistum Hildesheim und dem welfischen Fürstentum Calenberg in der zweiten Hälfte des 17. Jahrhunderts. Um 1900 waren noch Teile des Fundamentes erhalten, die wahrscheinlich durch den Bau eines Aussichtsturms oder des Wasserhochbehälters für die ehemalige Waldgaststätte am Eingang zur Marienburg zu dieser Zeit beseitigt wurden, Huck 1997, S. 134f.

26 Die Schenkungsurkunde datiert vom 14. April 1857. Die Urkunde wurde als Schriftrolle in einem Kasten aus Wurzelholz aufbewahrt, der vom Tischlermeister Dierks (siehe Inventarliste vom 19.11.1864 Nr. 5689 in: Dep. 103, XX 396) ausgeführt wurde.

27 Zum Beispiel waren die Räume des Kronprinzen mit einer Anzahl von Figurinen, die Zwerge darstellten, dekoriert.

28 Zur Christuskirche siehe Kokkelink/Lemke-Kokkelink 1998, S. 362f.

29 Erst zwanzig Jahre später entstand wieder ein ähnlich großer Kirchenbau in Hannover: die Zionskirche in Hannover-Linden.

30 Hildesheimer Allgemeine Zeitung vom 12. Oktober 1858.

31 Siehe Niedersächsisches Hauptstaatsarchiv, Königliches Hausarchiv, Depositum 103. XXXIII Nr. 1674:

»Der Grundstein befindet sich unter dem südlichen Pfeiler der Halle des Hauptthurmes und sind in denselben folgende Gegenstände eingelegt:
Eine Stammtafel des hohen Guelphen Hauses nebst erläuternder Schrift.
Ein photographisches Bild unser jetzigen Königlichen Familie.
Ein Grundriß und eine Ansicht der Burg, [...].
Ein Staatshandbuch für das Jahr 1858.
Ein Exemplar von jedem der in der Stadt Hannover erscheinenden Tageblätter (Zeitungen).
Ein Exemplar von sämtlichen im Jahre 1858 geprägten hannoverschen Münzsorten.
Ein Verzeichnis der beim Bau beschäftigten Personen.
Verschiedene andere Notizen und Nachrichten.«

32 Siehe Dep. 103, XXIII 423.

33 Ebd. S. 9.

34 Theodor Unger: Hannover-Führer durch die Stadt und ihre Bauten. Hannover 1882, Reprint Hannover 1978, S. 107.

35 Zitiert nach: Georg Germann: Gothic Revival in Europe and Britain: Sources, Influences and Ideas, Cambridge Mass. 1973. (Deutsch: Neugotik: Geschichte ihrer Architekturtheorie, Stuttgart 1974), S. 128.

36 Im Zuge der achtsamen Restaurierungen alter Backsteinbauten unter Conrad Wilhelm Hase wurden ganz neue Erkenntnisse zu den Bautechniken des Mittelalters gewonnen und auch publiziert.

37 Günther Kokkelink und Monika Lemke-Kokkelink: Baukunst in Norddeutschland. Architektur und Kunsthandwerk der Hannoverschen Schule 1850-1900, Hannover 1998, S. 11. Siehe hier auch: »Die Ausbreitung der Hannoverschen Schule in Norddeutschland und Nordeuropa« S. 11ff.

38 Unter Hase hatte der Fachbereich Architektur an der Technischen Hochschule im späten 19. Jahrhundert einen exzellenten Ruf und zog Studenten aus ganz Europa an. Eine so breit gefächerte praktische

Schulung der angehenden Architekten im Bereich Innenarchitektur, vor allem in den sonst eher vernachlässigten Bereichen der Materialkunde (beispielsweise für materialgerechtes Möbeldesign, Metallkunst und Textilkunde), war ohne Beispiel in Deutschland. Hierzu kam die Einbindung der Studenten in Vereine (Architekten- und Ingenieurverein), sowie in die »Bauhütte zum Weißen Blatt«. Auf gleicher Augenhöhe wurde zwischen Professoren, Architekten und Studenten über Entwürfe und Baupläne diskutiert, die neuesten technische Errungenschaften vorgestellt und Vorträge über historische Baumaterialen gehalten. Die meisten Architekten blieben ein Leben lang Mitglied in diesen Vereinen und bezogen die Zeitschriften.

39 Kokkelink/Lemke-Kokkelink 1998, wie Anm. 2, S. 11.

40 Im Zuge der Aufarbeitung des haseschen Werkes finden sich immer wieder neue Kirchenbauten, die Hase zugeschrieben werden können. Die Anzahl seiner Profanbauten liegt heute bei 66 Zuschreibungen.

41 Außerdem veröffentlichte Hase die »Übersicht der mittelalterlichen Baudenkmale Niedersachsens« – einen Anhang der Zeitschrift des Architekten- und Ingenieurvereins Hannover. Siehe hierzu Kokkelink/Lemke-Kokkelink 1998, wie Anm. 2, S. 89.

42 Neue Hannoversche Anzeigen vom 26.11.1864.

43 Die vielen schon fertiggestellten Sandsteinarbeiten des Wintergartens wurden teilweise von der königlichen Hofhaltung verschenkt und gespendet. So gab es beispielsweise eine Anfrage der Gemeinde in Wietzendorf, ob für den Altar der neugotischen Kirche (ein Hase-Bau von 1876) Steine des unfertigen Wintergartens verwendet werden könnten. Vgl.: Gunther Schendel: Ein Haus voller Himmel. Die St. Jakobi-Kirche in Wietzendorf, Wietzendorf 2000. Zum Wintergarten siehe auch: Arends 2005, S. 77f.

44 Opplers Bericht mit Erläuterungen der Baumaßnahmen in: Niedersächsisches Hauptstaatsarchiv, Königliches Hausarchiv. Depositum 103. XXIII Nr. 423.

45 Zum Begriff der »malerischen« Bauweise siehe Wolfgang Brönner: Die bürgerliche Villa in Deutschland 1830-1890. Unter besonderer Berücksichtigung des Rheinlandes, Düsseldorf 1987 (Beiträge zu den Bau- und Kunstdenkmälern im Rheinland, Bd. 29), S. 119-121.

46 Zu den Festsälen der Marienburg vgl. Arends 2005 S. 170-188. Leider sind die Entwürfe von Oppler für den Rittersaal und Speisesaal verschollen und, sodass diese nur bruchstückhaft zu rekonstruieren sind.

47 Zu den Tischlerarbeiten auf Schloss Marienburg siehe: Arends 2005, Material-Verarbeitung und Dekoration: Holz, S. 262-276.

48 Oppler war selbst Kenner und auch Antiquitätenhändler altdeutscher Kunst und besaß als Sammler von Kunsthandwerk einen deutschlandweiten Ruf. Er entwarf Zeit seines Lebens bevorzugt Innenräume für Kunstsammler. Die aufwendigen Raumdekorationen der Marienburg sind sein wichtiges Frühwerk.

49 Brief der Königin Marie vom 11.10.1866. Zitiert nach Willis 1966, S. 176.

50 Zur Burg Hohenzollern als einem »ideologischen Instrument der Reichsgründungsepoche« siehe Rolf Bothe: Burg Hohenzollern. Von der mittelalterlichen Burg zum nationaldynastischen Denkmal im 19. Jahrhundert, Berlin 1979.

51 Dank für diese Hinweise an Prof. Johannes Fried.

52 Zu dem Stil der »muscular goths« in England: Siehe Charlotte Gere/ Michael Whiteway: Nineteenth Century Design. From Pugin to Mackintosh, London 1993. S. 112f.

53 Die alten opplerschen Entwürfe wurden noch jahrelang rezipiert und in anderen Vorlagewerken reproduziert, wie beispielsweise ein in Berlin erschienenes »Kompendium der Ornamentik« (1884) Entwürfe enthält, die Oppler über zwanzig Jahre vorher für die Marienburg entworfen hatte. Oppler benannte explizit als von der Ausstattung der Marienburg stammend nur folgende Veröffentlichungen in der Zeitschrift »Die Kunst im Gewerbe«: KiG 1872, Band I, Heft I, Gotische Stühle (Blatt 5, Möbel); Band I, Heft II, Bibliotheksschrank (Blatt 6, Möbel 4), Sofatisch (Blatt 8), Schreibtisch für Prinzessin Friederike (Blatt 10, Möbel 9); Band I, Heft III. Decke im Billardzimmer (Blatt 13, Kunstzimmerarbeit 1), Heft IV. Bücherschrank für Prinzessin Friederike (Blatt 16, Möbel 12), KiG 1873 Band II, Heft I, Kamin der Bibliothek (Blatt 4, Steinmetzarbeiten 2), Türhespen an der Kronprinzentür (Beilagenbogen Nr. 2); KiG 1874, Band III, Heft II, Kronleuchter für das Jagdzimmer Ernst Augusts; KiG 1878, Band VII, Heft II, Holzdecke im Wohnzimmer der Königin. Viele der in »Die Kunst im Gewerbe« veröffentlichten Möbel sind in gleicher oder ähnlicher Form in den Räumen der Marienburg zu finden.

54 Zu dem Vertrag siehe Arends 2005, S. Brief von Bergmann an den König vom 1. Juli 1865. In: Niedersächsisches Hauptstaatsarchiv, Königliches Hausarchiv. Depositum 103 IV, 80.

55 Zum Raumprogramm siehe auch: Robert Kerr, The Gentleman's House, London 1864.

56 Diese Balkendecke galt als vorbildhaft und wurde in mehreren Zeitschriften veröffentlicht und besprochen. Jedoch fielen die Nachbauten der Decke aufgrund der hohen Herstellungskosten sehr vereinfacht aus. Siehe u.a. Felix Narjoux: Notes des voyage d'un architecte dans le nord-ouest de l'Europe, Paris 1876, S. 235. Narjoux verglich die Decke des Billardzimmers zusammen mit einer Decke der Villa Solms in Baden-Baden mit den Decken des Augsburger Rathauses sowie des Preller-Hauses in Nürnberg und lobte: »ils n'offrent pas l'intérêt d'une création, mais celui d'une très intelligente adaptation.« Und: In der Zeitschrift: »Die Kunst im Gewerbe«, 1872, Band 1, Heft III, Blatt 13, Kunst-Zimmerarbeiten 1. Siehe auch Arends 2005, S .182-185.

57 Zitiert aus: Opplers Stellungnahme zum Umbau in: Niedersächsisches Hauptstaatsarchiv, Königliches Hausarchiv. Depositum 103, XXIII, Nr. 423. Mit dem Anbau wurde im Sommer 1865 begonnen und er war bis 1867 fertiggestellt.

58 Dieser Raum sollte das Pendant zur aufwendig dekorierten Bibliothek der Königin bilden. Aufgrund der Kriegsereignisse wurden die Pläne aufwendiger Dekorationen für das Esszimmer verworfen und nur eine Art reduzierter Notausstattung ausgeführt. Siehe auch: Das private Esszimmer. In: Arends 2005, S. 185f.

59 Es wurde gedroht, dass bei einer möglichen Rückkehr der Königin nach Hannover die preußische Fahne auf dem Dach von Herrenhausen gehisst und sie außerdem eine preußische Ehrenwache erhalten würde. Diese Demütigungen konnten nicht hingenommen werden.
Siehe Willis 1966, S. 153.

60 Zitat aus dem Brief von 22.9.1867 des Malers Otto Knille, den er auf Schloss Marienburg schrieb. Hier malte er die heute zerstörten und verschollenen Fresken in der Morning-Hall. In: Niedersächsisches Hauptstaatsarchiv, Königliches Hausarchiv. Depositum 103 XXIV.

61 Brief der Königin Marie an König Georg V. vom 14. Oktober 1866, zitiert nach: Geoffrey Malden Willis: Hannovers Schicksalsjahr 1866 im Briefwechsel König Georgs V. mit der Königin Marie, Hildesheim 1966, S. 152.

62 Vgl. auch: Werner Wagner: Landwirte besuchten Königin Marie auf der Marienburg bei Nordstemmen. In: Heimatkalender 2003 für die Lüneburger Heide, Celle 2003.

63 Vgl. hierzu: Ernst Palandt: Ein Erinnerungsblatt an Königin Marie von Hannover. Alt-Hann. Volkskalender auf das Jahr 1958. Hannover 1957; Heinrich Bartels: Nordstemmen Ortschronik. Nordstemmen 1983; Werner Wagner: Die letzten Tage auf Schloss Marienburg. Hildesheimer Heimatkalender 1997, S. 57-59.

64 Hildesheimer Allgemeine Zeitung vom 3. Juli 1867.

65 Eine Auswahl der Briefe von Kille in: Arends 2005, S. 366f.

66 Zitat aus dem Brief vom 22.9.1867, den Otto Knille an Nolte ins österreichische Exil schrieb. In: Niedersächsisches Hauptstaatsarchiv, Königliches Hausarchiv. Depositum 103 XXIV. Zu dieser Zeit malte Knille das Gemälde von Friedrich Barbarossa für die Morning-Hall (heute verschollen).

67 Marie ließ das Schloss vom Hoffotografen Reinecke in eine Reihe Fotografien aufnehmen. Wie stolz sie auf ihre Burg war, zeigt, dass sie dem berühmten französischen Architekten und Burgenforscher Viollet-le-Duc, der den Ruf genoss, der beste Kenner der Kunst des Mittelalters seiner Zeit zu sein, ein Album der Marienburg schickte. Vgl. Schreiben vom 30. Mai 1868 in 103, XX 696. Die Fotografien des Marienburg-Albums befinden sich heute im Stadtarchiv Hannover.

68 Zur Symbolik der Protagonisten siehe Verena Kast: Wege zur Autonomie. Märchen psycholoigsch gedeutet, München 1988.

69 Historisch ist kein direkter Vetter des Bischofs auf der Poppenburg nachweisbar.

70 Vgl. Urkundenbuch des Hochstifts 1965, S. 815.

71 Zur Winzenburg: Friedrich 1992 und Schultz 1984.

72 Enno Bünz: Der Kult des hl. Bernward von Hildesheim im Mittelalter und in der frühen Neuzeit. In: Katalog Bernward 1993, Band 1, S. 419-430.

73 Ebd. S. 419. Die Verehrung des Bischofs begann im Jahr 1150, in dem eine Mainzer Provinzialsynode gestattete, Bernward in kirchlichen Offizien zu verehren und über seinem Grab einen Altar zu errichten.

74 Michael Wolfson: Bernward von Hildesheim in der Kunst des späten Mittelalters. In Katalog Bernward von Hildesheim, S. 431f.

75 Ebd., S.432.

76 Zum Grab Bernwards siehe: Rainer Kashinitz: Bischof Bernwards Grab. In: Katalog Bernward von Hildesheim. S. 383f.

77 Katalog Bernward von Hildesheim, in Band II. S. 638. Abbildung IX-35.

78 Freundliche Mitteilung von Dr. Michael Brandt.

79 Siehe Kast 1988, S. 69.

80 Jacob und Wilhelm Grimm: Deutsches Wörterbuch 10, Band 1, Leipzig 1905, Sp. 1030.

81 Lexikon des Mittelalters (1977-1999) s.v. Thor, S. 730.

82 Heute wird Meister Erwin von Steinbach nur noch der Entwurf für die Westfassade des Münsters zugeschrieben.

83 Johann Wolfgang Goethe: Von deutscher Baukunst. D.M Ervini a Steinbach. Zur Datierung des Aufsatzes siehe Klaus Niehr: Goethes Straßburg-Erlebnis und seinen literarische Verarbeitung als Phänomene des 18. Jahrhunderts. In: Niehr 1999.

84 Goethe. Dichtung und Wahrheit Bd. 9, 1773, S. 226.

85 Bemerkenswert ist auch das »Eine Büste Erwin von Steinbachs von Landolin Ohnmacht ist in der Walhalla aufgestellt.«

86 Siehe auch Reinhard Wortmann: Der Westbau des Straßburger Münsters und Meister Erwin. In: Bonner Jahrbuch des Rheinischen Landesmuseums in Bonn, Bd. 169. Bon 1969, S. 290f.

87 Zum Motiv des »Kleinen Mannes« vgl. Kast 1988, S. 68f.

88 Das Welfenschloss, heute die Technische Hochschule, wurde von Heinrich Tramm im Rundbogenstil (Baubeginn ab 1857) erbaut. Siehe Kokkelink/Lemke-Kokkelink 1998, S. 39f.

89 Zum Hildesheimer Freischießen siehe: Hoffmann 1978.

90 Siehe: Müller/Schambach, 1854, S. 58.

91 Otto Richter 1876, S. 105.

92 Zu den anderen Erzählvarianten dieses Märchens: »Der Musikant im Zwergsloche bei Hildesheim« in: Niedersachsens Sagenborn. 7. Aufl. Hildesheim 1949, S. 108-112. »Die Zwerge im Marienberge« in: Hoike. Sagen und Erzählungen aus dem Land zwischen Hildesheimer Wald und Ith. Hrsg. von Wilhelm Barner. Alfeld 1960, S. 24-26; »Die Zwerge im Marienberge« in: Heinrich Bartels: Nordstemmen. Von der Vorzeit bis zur Gegenwart. Hrsg. von d. Volksbrauch Leinetal. Burgstemmen 1983, S. 100; »Der Musikant im Zwergsloch« in: Hermann Blume: Von Tückeboten, Lüchtenkeerls und weißen Frauen. Sagen und Erzählun-

gen aus dem Hildesheimer Land. 2. Aufl. Hildesheim 1986, S. 40-43; »Zwerge und Verwandlungen« in: Hildesheimer Rosen. Ein Haus- und Heimatbuch mit Sagen, Legenden und Stadtgeschichte. 11. vollständ. überarbeitete Auflage. Hildesheim 1993. S. 82-85; »Die Zwergelöcher« in: Karl Seifart. Sagen aus Stadt und Stift Hildesheim. Hrsg. von Peter Guyot, Hildesheim 1995, S. 74.

93 Rita Seifert: Johann Carl August Musäus – Schriftsteller und Pädagoge der Aufklärung, Weimar 2008.

94 Victoria Scheibler: Phantasie und Wirklichkeit: Benedikte Naubert im Spiegel ihrer späten Romane und Erzählungen (1802-1820), Frankfurt am Main 1997.

95 Zum Ortsnamen »Aulica« siehe: Jürgen Huck: Zur Geschichte und Deutung des Ortsnamens Elze. In: Hildesheimer Jahrbuch für Stadt und Stift Hildesheim. Band 72/73. Hildesheim 2000/2001. Und Huck 2003, S. 9. Nach den Forschungen von Jürgen Udolph lässt sich der für Elze im Jahre 1068 bezeugte Ortsname Alicga auf eine germanische Form von Alika zurückführen, die wiederum von einem versumpften Überschwemmungsgebiet bei Elze herrühre. Siehe außerdem: Jürgen Huck: Bemerkungen zur Geschichte der Urpfarrei Elze. In: Hildesheimer Jahrbuch für Stadt und Stift Hildesheim. Band 68, Hildesheim 1996.

96 Seifart 1854, S. XII.

97 Knecht Ruprecht ist schon bei Praetorius als Schreckfigur für Kinder nachgewiesen: Zu Knecht Ruprecht siehe: Grimmsches Wörterbuch 1854-1860 s.v. Ruprecht. Bd. 14. Spalte 1534.

98 Zu den Weihnachtsbräuchen siehe Ingeborg Weber-Kellermann: Das Weihnachtsfest. Eine Kultur- und Sozialgeschichte der Weihnachtszeit, Luzern-Frankfurt/M. 1978.

99 Siehe: »Die Zwerge in ihrem unterirdischen Reich« in: Hermann Blume: Von Tückeboten, Lüchtenkeerls und weißen Frauen. Sagen und Erzählungen aus dem Hildesheimer Land. 2. Aufl., Hildesheim 1986, S. 38f.

100 Zitiert nach Huck 1992, S. 179.

101 Die Noten der »Nordstemmer Quadrille« befinden sich bei der Autorin Isabel Arends.

102 K. F. Nölting arbeitete beim Amtsgericht Calenberg. Zu den Tänzen: Heinrich Bartels: Nordstemmen. Von der Vorzeit bis zur Gegenwart. Hrsg. Volksbrauch Leinetal e.G. Burgstemmen, 1983. S. 100f. Frdl. Hinweise von Dr. Jürgen Huck.

103 Barmer 1960, S. 24.

104 In: Niedersachsens Sagenborn 1949. S. 112.

105 Barner 1960, S. 24-26.

106 Zu den nicht näher beschriebenen Bildern sind Skizzen und Fotos erhalten. Sie zeigen einen wachenden Ritter sowie einen über Felsen steigenden Wanderer, der einen Schatz findet, und einen Holzsammler, der einen Berggeist trifft. Siehe auch Kontrakt vom 4. November 1867. In: Dep. 103, XXIV 6057.

107 Die großen Bilder von Venus und Tannhäuser und von Friedrich Barbarossa im Kyffhäuser befanden sich an der West- oder Ostwand. Rosenberg (1899, S. 27) zufolge wurden die Bilder auf Schieferplatten gemalt. Diese Angabe ist falsch, da Rechnungen für Marmorplatten vorliegen und Knille selbst in seinen Briefen von Marmorplatten spricht.

108 Offensichtlich hatte die Königin sich erst lobend über Knilles Arbeit bei Georg Bergmann geäußert, dann aber von Bergmann einen kritischen Bericht über dieses Bild erhalten: Knille fährt fort: »Ihre Mayestät die Königin haben mich in Betreff meines ästhetischen Geschmacks bisher mit einem ganz besonderen Zutrauen beehrt und denselben im Gespräch einige Male dem Meines Collegen Bergmann gegenüber zu stellen geruht. Nun plötzlich meinerseits in den Verdacht bergmannscher Auffassung zu gerathen, ist allerdings für mich keine angenehme Wahrnehmung, zumal meines Wissens Niemand das Bild, welches ich male, gesehen hat, den ich für genügend urtheilsfähig halten könnte, das mir oft bewährte allerhöchste Vertrauen in meinen Schicklichkeitssinn zu erschüttern. Nachdem jetzt zu meinem größten Leidwesen Ihr gefälliges Schreiben constatirt hat, daß dieses trotzdem geschehen, sehe ich mich genöthigt, Ihnen im folgenden einige Erläuterungen zu geben, welche sie die Güte haben wollen, Ihrer Mayestät zu übermitteln.« Vgl. Brief von Otto Knille an Nolte vom 30. Oktober 1869. In: Dep. 103 XXIII.

109 Brief von Otto Knille an Nolte vom 22.9.1867. In: Dep. 103, XXIV.

110 Auch die Brüder Grimm sammelten und veröffentlichten Märchen, in denen die Zauberblumen in dieser Funktion erscheinen. Frdl. Mitteilung von Dr. Ulrich Arends 30. März 2001. Vgl. auch Enzyklopädie des Märchens, Band 2, Göttingen 1979, s.v. »Blume«.

111 Siehe auch Kast 1988, S. 52f.

112 Die Medaillonbilder der »Minnesänger« wurden später mehrfach veröffentlich, vor allem die Darstellung von »Walther von der Vogelweide« war ein erfolgreiches Motiv. Schreiben von Merkel in Dep. 103, XXIII. Die Bilder wurden 1878 in der Kunstgewerbeausstellung der Hannoverschen Schule als Deckenschmuck für die Bibliothek von Otto Götze gezeigt, ebenfalls ausgeführt vom Dekorationsmaler Beissner.

113 Die Inschrift ist stark restauriert worden. Sie kommt in diesem Zyklus zweimal vor. Eine Zuschreibung zum Medaillon des Wolfram von Eschenbach ließe sich inhaltlich gut auf sein Werk »Parzifal« beziehen.

114 Könnecke 1895, S. 59.

115 Könnecke 1895, S. 71-72.

116 Aus dem von Marggraff verfassten Nachruf zu Dr. Bergmanns Tod. Zitiert nach Hoffmann 1978.

117 Deutsche Bauzeitung 8. Dezember 1888, S. 594.

118 Zu Dr. Gottlob Heinrich Bergmann siehe: Hoffmann 1978 und Wilhelm Bach: 50 Jahre Niedersächsisches Landeskrankenhaus Hildesheim. Festschrift 1977; Gottlob Heinrich Bergmann (Mitteilungen über die Heilanstalt St. Michaeliskloster zu Hildesheim. Hannover. Magazin Nr. 53 von 2.07.1828); Otto Mönkemöller: Die Heil- und Pflegeanstalt in Hildesheim. Ein Gedenkblatt zur Feier des 100-jährigen Bestehens. In: Allgemeine Zeitschrift für Psychiatrie, Band 87, Berlin 1927; Günther Ritzel: Das Niedersächsische Landeskrankenhaus Hildesheim und sein langer Weg durch eine wechselvolle Geschichte. In: Jahrbuch 2003 Landkreis Hildesheim, S. 11-19.

119 Zitiert nach Mönkemüller 1927.

120 Zu dem Dichter Schulze siehe Hoffmann 1978, S. 13. Mit dem »Herzensfreund« unterhielt Dr. Bergmann später einen lyrischen interessanten Briefwechsel, der teilweise auch veröffentlicht wurde. Dr. Bergmann wurde in seinen Niederschriften und Reden für seine »klangschönen Verse bei feinem Stilgefühl, von gefeiltem Formalismus, ... und hymnischer Feierlichkeit« gerühmt. Vgl. Hoffmann 1978, S. 58.

121 Kokkelink 1968, S. 76f.

122 Hildesheimer Allgemeine Zeitung 25. Mai 1895, Nr. 121.

123 Hoffmann 1978, S. 20.

124 Hildesheimer Allgemeine Zeitung, 6. April 1954. Nr. 81.

125 Siehe Herbert Mundhenke: Die Matrikel der Höheren Gewerbeschule, der Polytechnischen Schule und der Technischen Hochschule zu Hannover, 3. Bände, Hannover 1988-92. S.v. Bergmann.

126 Hildesheimer Allgemeine Zeitung 25. Mai 1895, Nr. 121.

127 Hartmann 1887, S. 990.

128 An anderer Stelle wurde Bergmann als Schüler von Hermann Wislicenius (1825-1899) bezeichnet. Wislicenius malte später die großen Wandbilder im Goslarer Kaiserhaus. Es ist sehr wahrscheinlich, dass die fast gleichaltrigen Künstler als Kollegen zusammenarbeiteten, denn Wislicenius war auch ein Schüler Bendemanns. Vgl. Aus der Heimat IV., April 1995.

129 Das Bild auch unter dem Namen: »Ein Ziegenhirt erzählt die Geschichte einer alten Burg« stammt aus dem Jahr 1845 und wurde am 23. Oktober 1997 bei Sotheby`s versteigert.

130 Zitiert nach Stein 1993, S. 59.

131 Den Nachruf auf den Tod Bogislavs schrieb kein geringerer als Heinrich Damerow. Siehe Hoffmann 1978, S. 26.

132 Zitiert nach Stein 1993, S. 59.

133 Hildesheimer Allgemeine Zeitung 25. Mai 1895, Nr. 121. Das Bild befand sich im Leipziger Museum vor dem 2. Weltkrieg.

134 Stein 1993, S. 59.

135 Das Portrait hängt heute im Sitzungssaal des heutigen Krankenhauses. Abbildung in Hoffmann 1978, S. 7.

136 Brief Dr. Bergmanns vom 4.7.1852 an den König. Zitiert nach Hoffmann 1978, S. 29.

137 Heinrich Damerows Schilderung zum Fest des goldenen Doktorjubiläums (1854) in der Allgemeinen Zeitschrift für Psychiatrie. Zitiert nach Hoffmann 1978, S. 30.

138 Siehe Allgemeines Künstlerlexikon, 2. Aufl. Band 3, Leipzig 1885 s.v. Bergman, S. 618 (Text von Th. Levin).

139 Er malte u.a. in dieser Zeit »Mutter mit Kind« (1847), »Karl der V«. (1851); andere noch bekannte Gemälde: »Die letzten Augenblicke Philipps II. Königs von Spanien« (Öl/Lw. 1851 ehem. Museum der Bildenden Kunst ist seit 1945 verschollen). Das »Bildnis Bernhard Hausmanns«, signiert G. Bergmann 1853, befindet sich in Hannover (siehe hierzu: Ludwig Schreiner: Die Gemälde des neunzehnten und

zwanzigsten Jahrhunderts in der niedersächsischen Landesgalerie Hannover. München 1973, S. 32f., Nr. 60.), 1862 malt er einen Christus am Kreuz, außerdem Leda und 2 Schwäne (Fotoalbum Königin Marie, Dep. 93, Fach 61, Nr. 2). Außerdem werden als Werke Bergmanns ohne Datum genannt: »Rembrandt und seine Frau«, »Die sterbende Kuh«, »Desdemona«, »Rinaldo in dem Zaubergarten der Armida«. Weitere Arbeiten nennt der Katalog: 50 Jahre Kunstverein Hannover 1882, Nr. 36-48. Mit Dank für die Hinweise an Dr. Alheidis von Rohr.

140 Stein 1993, S. 59.

141 Zu Wallmoden siehe: Reden-Dohna 1995, S. 231-238 (Alt Wallmoden).

142 Er malte für den Schrein eine neue Tafel mit der Darstellung des thronenden Christus als Weltenherrscher. Für das Kreuz ergänzte er eine realistische Malerei des Gekreuzigten. Zur Restaurierung der Loccumer Kirche siehe: Ursula Schädler-Saub u.a.: Mittelalterliche Kirchen in Niedersachsen – Wege der Erhaltung und Restaurierung, Petersberg 2000. S. 120ff.

143 Zu St. Michael siehe: Schädler-Saub in: Katalog Romanik in Hildesheim 2001, S. 303ff.

144 Ebd., S. 308.

145 Ebd. S. 305.

146 Ebd. S. 314.

147 Behr 1893, S. 64f. (zitiert nach: Katalog Romanik in Hildesheim 2001, S. 312.)

148 Katalog Romanik in Hildesheim 2001, S. 318.

149 Zum Knochenhauer Amtshaus siehe Stein 1989 und Stein 1993.

150 Thieme-Becker Band 3 1909, S. 409/Stein 1993 S. 5ff.

151 Johann Michael Kratz (Dombibliothek Hildesheim) Hs. C 27 (zitiert nach Stein 1993, S. 6).

152 Schreiben von Hase an den Magistrat vom 11.9.1885 zitiert nach Stein 1989, S. 118.

153 Er starb bei seiner Schwester. Siehe: Todesanzeige in Hildesheimer Allgemeine Zeitung von 15.10.1870.

154 Hildesheimer Allgemeine Zeitung 25. Mai 1895, Nr. 121.

155 Ebd.

Abbildungsnachweis

Arends, Isabel; Seite: *9, 10, 147*

Berliner Architekturwelt, 1. Jg. Berlin 1899; Seite:*144*

Hilbich, Markus 1998; Seite: *14, 15, 62, 63, 127, 145*

Kunsthandel; Seite: *22, 123, 124, 125, 142*

Marienburg-Archiv, Plansammlung; Seite: *38, 39, 41, 42, 43, 50, 51, 66, 76, 77*

Marienburg, Fotosammlung; Seite: *61, 83*

Niedersächsisches Landesverwaltungsamt, Institut für Denkmalpflege; Seite: *143*

Privatbesitz Fam. Hase; Seite: *31, 36*

Privatsammlung Heinrich Prinz von Hannover; Seite: *11, 17*

Stadtarchiv Hannover; Seite: *12, 53, 54, 57, 60, 65, 82*

Stadtarchiv Hannover, Schenkung Kokkelink; Seite: *49, 55, 97*

Sonstige; Seite: *10, 98, 126*

Danksagung

Mein Dank geht an Heinrich Prinz von Hannover, dem Initiator und Verleger dieses Buches. Er hat mit außergewöhnlichem Einsatz dieses Projekt vorangetrieben. Danken möchte ich aber vor allem Ernst August Prinz von Hannover. Er hat sich sofort begeistert angeboten, dieses Buch herauszugeben und mir die Erlaubnis erteilt Aktenmaterial aus seinem Archiv zu nutzen, in dem ich die beiden Märchen von der Marienburg gefunden habe.

Dieses umfangreiche Projekt war nur mit der hilfreichen Unterstützung zahlreicher Kollegen möglich. Hier konnte ich immer wieder auf die wertvolle Hilfe von Prof. Günther Kokkelink und Monika Lemke-Kokkelink zurückgreifen. Ihre reichen Recherchen zur Hannoverschen Bauschule sind eine unerschöpfliche Quelle. Ein herzlicher Dank geht an Prof. Johannes Fried, der mir half, die Themen der großen Wandgemälde der Marienburg zu entschlüsseln. Des Weiteren bin ich Dr. Jürgen Huck zu großem Dank verpflichtet. Er machte mich auf die Noten zu den Tänzen aufmerksam, und gab zahlreiche Hinweise rund um Elze. Außerdem danke ich Prof. Hans Jörg Uther für seine Informationen zum Motiv der »blauen Blume« im Märchen. Dank auch an Dr. Alheidis von Rohr und Dr. Helga Stein, die mir Fragen zum Künstler Georg Bergmann beantworteten. Für Hinweise zum »Zauberhammer« danke ich Dr. Michael Brandt und Rolf Brings.

Ein großer Dank geht an Henrike Hülsbergen (M.A.) für ihre unermüdliche Begleitung des Buches und ihre vielen Anregungen. Für die Collage des Titelblattes bin ich Prof. Andrea Sunder-Plassmann zu Dank verpflichtet. Für seine humorvollen und scharfsinnigen Analysen danke ich herzlich Aschot Amirdschanjan und Ekkehard von Schiersted. Besonders möchte ich mich für den wertvollen fachlichen Rat bei Dr. Larissa Sabottka, Dr. Volker Rössner, Ute Richter und Christian Seeger bedanken. Für die liebevolle Überstützung danke ich allen »Märchen-Fans«, meiner Familie, meinem Lebensgefährten und meinen Eltern.

Dr. Isabel-Maria Arends
Berlin-Charlottenburg, im Frühjahr 2013

Weitere Publikationen
zu welfischen Themen im *MatrixMedia* Verlag

Hannovers letzter Herrscher
König Georg V. zwischen welfischer
Tradition und politischer Realität
Autor: Alexander Dylong
ISBN 978-3-932313-49-3

Ein Königreich wird Provinz
Über Hannovers Schicksalsjahr 1866
Autor: Ernst Gottfried Mahrenholz
ISBN 978-3-932313-46-2

Welfenbericht
150 Jahre Familiengeschichte
der Herzöge zu Braunschweig und Lüneburg
dokumentiert in Photographie und Film
Autor: Peter Steckhan
ISBN 978-3-932313-10-3